赤ん坊の異世界ハイハイ奮闘録 1

そえだ信
Soeda Shin

MFブックス

赤ん坊の異世界ハイハイ奮闘録 1

そえだ 信

イレーネ
ルートルフ
登場人物紹介

ウォルフ
レーベレヒト
ザム
ベティーナ

CONTENTS

プロローグ

赤ん坊は、立ち上がった！
何《なん》としても、この地を救わねばならぬ！

「わう、わ、わ――」

しかし現状、如何《いかん》ともしがたく。

現実にはまだ『はいはい』しかできない身。持ち上がりかけたお尻は空《むな》しく、またすぐにぽとりと落ちるしかなかった。

しかも思いがけず下の柔らかみは即座に生き生きと弾み、細く力弱い手で両腋《わき》が捧《ささ》げ上げられ。

「わあ！」と耳元近く、澄んだ声にいつになく力が込められた。

「見た見た？　今ちょっとだけ、立とうとしたの」

「すごい、すごいです」

「ご立派です」

――タイミングが、悪かった。

行動するなら、一人のときを選ぶべきだった。

忘れていたけど、日に一度の習慣、母の抱っこの最中だったのだ。

あまりに心地よく、ずっとこの感触に身を委ねていたいのだけど。

昼間領民の現状を聞き、母の病状を窺《うかが》い知《し》って、思わず力を込めてしまった。

――情けね。

現実には、立とうにも立ちようがない。

実際の起立を別にしても、何ができるとも思えない、ただただ非力の身。

誰かに抱かれなければ、移動さえままならない。

何しろまだ、僕がこの意識に目覚《めざ》めてからでも二十日程度、生後およそ六ヶ月というところらしいのだ。

自力でできることは、情けないほどに限られている。

しかしそれなのに、残された猶予《ゆうよ》は悲しいまでに少ない。

――思い切るしか、ないか。
女性たちの喜声を近く遠く聞きながら、
まだ僕は逡巡《しゅんじゅん》を続けていた。
心ともなく、思考はその二十日程度前の始まりに向いていく。
その始まりは、思い返しても突然だった。

1　赤ん坊、目覚める

『吾輩《わがはい》は赤ん坊である』

何《なん》となくいきなり、そんな言葉が頭を横切っていた。

――はい？

いきなり、すぎるだろう、まったく。

ツッコミ？　って言うのか？　よく分からないけど、そんな言葉もすぐに続いて。

『名前は……あるのかもしれないが、まだ分からない』

――何じゃ、こりゃ！

続く頭の中の声に、心中絶叫してしまっていた。

戸惑い混乱する、しかない。

何しろこちとら、自分の現状把握さえまだできていないのだから。

自分は今、硬いものの上にわずかばかり柔らかく薄いものを敷いたらしい感触を背に、横たわっている。

何となくついさっきまで長い時間をかけて、ようやく何とか意識がはっきりしてきた、そんな感覚。

それなのに、それでようやく当然の流れなら周囲の現状認識に移ろうとするはずのところ、いち早く別のものに頭の中を占領されてしまった、と言えばいいだろうか。

別のもの——浮かんできた言葉を素直に使って表せば、それはつまり何らかの『記憶』というものらしい。それも、どうも今いる現実世界とはかけ離れているもの、というどこかで赤く点滅する注釈つきの。

——どういうこっちゃ。

再度ツッコミを入れて、しばし考える。

考えて、その『記憶』なるものはとりあえず横に置いておくことにした。

それが現実とかけ離れているというなら、まだ認識しきれていない現状の方を優先しよう。

身体《からだ》を動かしてみる。

足も手も動く。しかし何《なん》と言うか、ぎこちない。

素足は、ややごわごわした布地の上をぐにぐにと擦《こす》れるばかり。

やたらとぎこちないながら持ち上げた手は。

——うん、小さい。

ぼんやり視認すると同時に、さっきの内なる声を思い出した。

——吾輩は赤ん坊である。

つまり、そういうことらしい。

自分は今、赤ん坊という存在としてここにいる、らしい。

うん、ととりあえず、頷《うなず》く。


いや、ふつうの赤ん坊、こんな落ち着いた現状認識をするわけがないじゃないか、とどこからか囁《ささや》く声も聞こえる気がするのだが。

そう言われても、どうにもしようがない。

自分の頭はとりあえず横に置いた訳《わけ》の分からない『記憶』と共に、妙に落ち着いた認識に働いている。

同時に、目の前に見える紛《まぎ》れもない自分の手は、『記憶』に照らし合わせて赤ん坊と判断するしかない外形だ。

つまり、自分の現状。

見てくれは赤ん坊。

頭の中は、赤ん坊としてはあり得ない思考。

以上。


――それでいいのかよ？

またどこからか、異を唱《とな》える声が聞こえる気もするけど。

やっぱり、そう言われても、どうにもしようがない。

違和感は無茶苦茶《むちゃくちゃ》あるのだけど、現実として受け入れるしかない、というような。

これ以上は、もっと周囲を観察して認識を深めるしかない、と思えるのだが。

とにかく、身体がぎこちなくしか動かせないのだ。

『記憶』に照らし合わせる限り、まだ寝返りもできない状態、と思うべきのようだ。

何とか、わずかながらにも左右を見回すことができるらしい状況から鑑《かんが》みるに、赤ん坊の成長過程において『首が据わる』と『寝返りが打てる』の中間期、ということになるのか。

視界も、かなりぼんやりしか映像を捉《とら》えられない。

これも生後間もない赤ん坊として自然と思うべき、か。

そこから考えるに、どうも慌《あわ》ててじたばたしても仕方ない、ということになりそうだ。

ゆっくり現状認識を進める、しかないということだ。


思ううち。

どうも、下半身の方に湿った不快感を覚えて。

「ふにゃ、ふにゃあ」

ほぼ条件反射的に、我ながら情けない声が口をついて出た。

少し間を置いて、

「×××」

妙に幼げな声が、どこからか近づいてきた。

本音のところはもちろん分からないのだけれど、何とも慌てた感じ。

想像の上で翻訳して音声で表現すると、

「はい、はい、はい、はい、今すぐ――」

と、まるで一人受け答えでもしているみたいだ。

よくある、年輩者から、

「『はい』は一度でいい！」

と、たちまち叱責《しっせき》されそうな？

――いや、勝手な想像で状況を作って、ギャグを構築しても仕方ないんだけど……。

気を取り直して、観察し直す。

ぼんやりながらの視界で認識する限り、予想以上に小さな女の子らしい。

『幼女』と『少女』の合間あたりか、と『記憶』が告げる。

慌てふためきながらも一生懸命、という仕草で、小さな手をベッドの僕に伸ばしてきた。

ついでに分かったこと、二点。

聞こえてくる音声は『記憶』にある言語からは意味がとれないものだった。

またぼんやり見てとれる女の子の外見、服装は、『記憶』で見慣れたものとはかけ離れている、と思われる。

『西洋』とか『中世』とか『メイド？』そんな言葉が頭をよぎる。つまり、その類《たぐ》いの形容がつけられてしかるべき外見らしい。

どうも『記憶』自体がなかなか明瞭に整理されず、はっきりした判断に結びつかないのだが。

その後すぐ、その女の子の世話を受け。

『記憶』と照らすとどうにも堪《こら》えきれない羞恥に耐えるしかなく。

ついでに、自分が男の子であることをここで知った。

――うん。大事《だいじ》な情報を得た、と思っておこう。

男の子である以上、自分の一人称は『僕』ということでいいだろうか。

そのまま、つまり、ゆっくり現状認識を進めるしかない、という決意のもと。

しばらくは、周囲の観察に努めることになった。


その後、分かったこと。

僕の世話をするのは、ほとんど最初の女の子一人が担当らしい。

世話係、『子守り』とかいう役割になるのだろう。

してみると、僕の生まれた家は、少しは上流階級寄りということになるのだろうか。

しかし、世話係が幼い子守り一人というあたり、十分裕福という気もしないわけだが。

僕のお腹《なか》が空《す》いた頃、子守りとは別の女性がやってきて、乳を含ませてくれた。

どこか事務的に感じられるその様子では、母親というわけでもないようだ。乳母《うば》ということになるのか。

「××××、ベティーナ」

「××××」

というやりとりで聞きとれた限りからすると、子守りの名前はベティーナというらしい。

『西洋』という単語が、また頭をよぎる。

抱き上げられた拍子によく見た、青い目、ピンク色の髪、顔つき。

『西洋』という以上に元の世界とかけ離れている、と『記憶』が告げる。

乳母が出ていくと、ベティーナはしばらく僕を抱っこして部屋の中を歩き回っていた。

開いている窓を見ると、どこか長閑《のどか》な木々が並ぶ景色に、夕陽《ゆうひ》らしい色合いが射《さ》し込《こ》んでいる。


ベッドに寝かされてしばらくした後、ベティーナに抱かれて部屋を連れ出された。

薄暗い廊下の先に見えるのは、下り階段らしい。とすると、ここは二階ということか。

そのまま階段までは進まず、手前のドアにベティーナは向き直った。

その拍子に、妙な気配みたいなものを感じて、僕は廊下の後先を見回した。けれど、誰の姿もない。気のせいだったか、と改めてドアを見直す。

ノックして入った部屋で、ネグリジェ姿の小柄な女性がベッドに半身を起こして僕を迎えた。

この人が、母親らしい。

にこにこ嬉《うれ》しそうなその金髪に色白の顔は、まだ幼さが残るが相当な美人と言ってよさそうだ。

傍《そば》についているメイドらしい中年女性の気遣《きづか》いようからして、どうも身体が弱くて臥《ふ》せっているということらしい。

育児を子守りと乳母に任せている実態が家柄のせいか母の健康のせいかは分からないが、とにかく僕を抱きとるその仕草に愛情は感じとれて、安心した。

「××××」

「××××」

「××××」

この日の僕の様子を尋《たず》ねているのではないかと思われるベティーナとのやりとりも、息子への気遣いが声音《こわね》に籠《こ》もって感じられる。

あまり長い時間母親のもとにいることは叶《かな》わず、また僕はベティーナに抱かれて元の部屋のベッドに戻された。

その後、部屋に照明が灯《とも》されることもなく、僕が大人《おとな》しくベッドに収まっているのを確かめて、ベティーナは部屋を出ていった。

子守りの寝室は別にあるようだ。

一人残されていろいろ考えようかと思っていたが、赤ん坊の悲しさ、いつの間にか僕は眠りに落ちていた。

翌日以降、僕は主にベティーナを相手に、いろいろ駆け引きを工夫することになった。

とは言え、そんな複雑なことでもない。

子守りが赤子を寝かしつけようと抱いてあやす際、少し聞き分けなく不満な様子を見せると、べティーナは他に対処の知恵もないのだろう、そのまま部屋を出て家の中を歩き回るのだ。

それによって僕は、家の中の構造と人の構成、会話の様子を少しずつ知るようになった。

すぐに知れたところでは、家の使用人は子守りのベティーナと母親付のメイド、料理人とその妻子、あと一人男性の歩く姿が見えた、これですべてらしかった。

数日を過ぎても、母親以外の家族と顔を合わせていない。父親がいるのかいないのか、今のところ不明だ。

母親とは毎日夕食後に面会するのが日課のようだが、数回叶わなかったのは健康面の問題だろうか。

ベティーナの行く先でいちばん頻度が高いのはどうもキッチンで、そこには料理人と妻のどちらか、あるいはその両方がいた。

なお、料理人の妻は、僕に乳をくれる、つまり乳母だった。その傍《かたわ》らにはいつも籠に入れた赤ん坊がいる。

料理人の妻の出産が雇い人の奥方と同時期だったので乳母として重宝された、という事情のようだ。

その他、ベティーナが僕を抱いてあやしながら歩き回るのは、二階の僕の寝室から廊下、階段を降りてキッチンから食堂、玄関前のフロア、という範囲にだいたい決まっていた。

二階には部屋がそこそこ、少なくとも八部屋以上はあるようだ。

食堂も玄関前フロアも、かなりの広さがある。

『記憶』のある世界とはかなり違う、「やや小さいながら貴族のお屋敷相当」と告げてくるものがあった。

ただ、その広さに比べて装飾品などが乏しいのではないか、というお告げも。

何度か考え直しても、僕の中にある訳の分からない『記憶』と、それとはかなりの部分で相容《あいい》れない現実、この二つの共存は容認していく以外ないようだった。

『記憶』の方は、その後少しは鮮明になっていくかと思いきや、さにあらず。何ともぼんやり頭の中に常駐を続けて、事あるごとに現実からの連想よろしく唐突に何やらを伝えてくる。

自分自身なのか別人なのかはともかく、一人の人間が生きていた世界の『記憶』なのだとは疑いなく思えるのだが、それ以上の具体性が見えてこない。

自分でも半分以上意味が分からないのだが、『例《たと》えてみれば記憶喪失のような』という単語が浮かんだ。どうも、一般常識的知識は思い浮かぶのに、自身の身近な記憶は戻らない、という喩《たと》えのようだ。そんなものか、とぼんやり思う。


まあとにかく、一日のほとんどをベッドで寝て過ごす身の上、考える時間だけは嫌というほどある。この『記憶』についてもいろいろ検討してみるにやぶさかではないのだが。

こちらも何となく、本能のようなものが告げていた。

現実の方をしっかり認識するのが優先されるべき、と。

何にせよ、自分の身の上はおそらく生後数ヶ月かと思われる赤ん坊、だ。

別に何を思い煩《わずら》うでもなく、子守りの世話を受け、のんびり過ごしていて誰からも文句は言われない。

乳母から乳をもらい、子守りに下《しも》の世話をしてもらい、それだけで最低限の生存は続けられる。

しかも生まれた家庭は、そこそこ格式のある身分らしい。

何の憂《うれ》いもなく赤ん坊ライフを続けていて、問題なさそうではある。

しかし、何となく、本能的なレベルで、不穏なものを感じるのだ。

その理由を述べよ、と言われても、すぐには答えられない。

何とか無理矢理《むりやり》レベルでひねり出すならば、次のような点になるだろうか。

・僕の父親は、どこにいるのか。
・この家、想像される格式に比べて、実際の生活状況が少し貧しくないか。

一つ目の点は、かなり重要ではあるがすぐに結論は出ないので、今は置いておく。

二つ目の点。いや、この世界での現実、常識など、まったく知らないわけだけど、何となく引っかかるのだ。

一つには、家の大きさに比べて、使用人の数が少なく思われる。

いちばん気になるのは、メイドだ。

僕の子守りをしているベティーナと、母親にずっと付き添っている年輩女性——イズベルガというらしい——の二人しか、どうもいないようだ。

一度イズベルガが僕の部屋に来て、ベティーナに赤ん坊の抱っこのしかたの指導らしきことをしていた様子を見ると、言わば上司と部下の関係に当たるようだ。

前にも感じた通り、ベティーナの方はまだ『幼女』と形容しても異論は出そうにない、『記憶』の方の常識に照らしておそらく九～十歳と思われる、どう考えてもメイド『見習い』としか思えない外見だ。

つまり、ここまで知れる限り、この家に勤めているのは『メイド長』と『メイド見習い』の二人だけ、ということになる。

これは、家の大きさから見て、少ない。また、年齢や経験を見た構成としても偏《かたよ》りがすぎる、という気がしてしまう。

もう一つ。

前にも言ったように、僕は何度かベティーナに抱かれてキッチンに入ることがあった。

そこで、ほとんど準備が終わろうとしている夕食を目にした。その、感想。

――何とも、慎《つつ》まし――すぎるんじゃないかい？

黒ずんで見るからに硬そうなパンらしきものが一つと、何やら野菜を煮込んだらしい一皿、それが一人分のすべて、と思われる。

数人分が並んでいる様子からして、主人用と使用人用でどうも大差はないようだ。

主人側になるはずの僕の母親が病人扱いだという点を差し引いても、慎ましいにもほどがある、という印象だ。家の広さから連想される格式と、あまりにもギャップが大きい。

時たま窓の外に見える風景と肌に感じる気温から判断する限り、今は『記憶』の常識に照らすと季節は秋に当たると思われる。

『収穫の秋』という常識がここでも当てはまるとしたら、現在でこの状態、この先冬に入って大丈夫なのか、という懸念まで湧いてくる。

まあ、そういうことだ。

何にしても、生後数ヶ月の赤ん坊が気にしてどうなるものでもない、とは思われる。

そうだとしても、気になってはしまうのだ。


もう少し、周《まわ》りの状況を知りたい。

そのためには、少なくとも二つのことが必要だと思われる。

一つは、この世界の言語を理解すること。

もう一つは、自分の行動できる範囲を広げること、だ。

言語に関しては、ベティーナに抱かれて歩き回る際の会話に耳を傾ける、という方法しか思いつかない。

幸いにと言うか、毎日そこそこ会話を聞くことはできていた。

何度も言うように、ベティーナの行く先としていちばんキッチンの頻度《ひんど》が高い。

ほとんどそこに常駐している趣《おもむき》の、料理人のランセルはあまり口数が多くないが、その細君にして僕の乳母であるウェスタは話し好きで、ベティーナと顔を合わせるたび四方山話《よもやまばなし》の花を咲かせるのだ。

毎日そのやりとりをライブで耳にして、僕はヒアリングでの言語習得に努めた。

結果、思った以上に早く、その意味を聞きとれるようになっていた。

幸運な条件がいくつかあったのだ。

まずこの世界の言語、単語単位ではなく、比較的一音ずつの発音がはっきりしている。この点、『記憶』にある母国語のものと共通点があって、とっつきやすかった。

また文法的にはどうも、『記憶』の中で最も馴染《なじ》みのある外国語と共通点があって、理解しやすかった。

たとえばのほんの一例だが、

「わたし、外に出る、裏の森へ、薪《まき》を拾うために」

という感じの語順だというのが、かなり自然に頭に収まってきたのだ。

ある程度そういう理解ができると、あとは次々新しい単語を覚えることで、さらに聞きとりできる範囲が広がっていく。

赤ん坊の柔らかい頭脳、という利点もあったのだろうか。ほんの十日間かそこらで、僕はある程度の会話を理解できるようになっていた。

「やっぱり今日も、ろくな野菜が手に入らなかったよ」と、ウェスタの愚痴《ぐち》。

「もっと食べたくても、我慢するしかないですよねえ」と、ベティーナの相鎚《あいづち》。

「ほらほら、母さんだよお」と、ウェスタが我が子をあやす。

そんなことが、聞きとれるようになってきた。

そんな会話で、分かってきたこと。

我が家の姓は、ベルシュマン。どうも、貴族の端くれらしい。

父親は今家にはいないが、どこかで働いているようだ。

この屋敷は、父親の持つ領地の中。

領地は狭いながら農業地帯だが、近年不作が続いている由《よし》。

――それが、雰囲気《ふんいき》貧しい理由、か。

ほとんどこれしか手に入らない、と料理人夫妻がキッチンテーブルに並べてみせているのは、青物の葉野菜《はやさい》――クロアオソウというらしい。コマツナ？　ホウレンソウ？　と『記憶』が迷っている――にイモ――ゴロイモ。『記憶』がジャガイモと同じと囁く――だった。

それも、少ないとは言え主人使用人合わせて六人以上いるはずの食事用として、かなり心許《こころもと》ない量に見える。

まあ、すぐ飢え死にの心配をするにはまだ遠いとは言えるだろうけど。

とにかく、そんなことが分かってきた。


もう一つの課題、行動範囲の拡大には、まだいくつかのハードルが立ちはだかっていた。

何しろ僕はまだ、『はいはい』もできない赤ん坊なのだ。

ベティーナに抱いて連れ歩いてもらえる範囲は、なかなかこれ以上望めそうにない。

してみると、あとは自力で、と考える他はないのだった。

言ってみればトレーニングに努めて、一つずつできることを増やそう。

ベッドの上で。

まず寝返りを打つことは、思い立って数日のうちにできるようになった。

『記憶』の常識を信じれば、これだけでも家族が知れば狂喜乱舞《きょうきらんぶ》しそうな快挙だ。

しかし今の僕はそれだけで満足することなく、続いて『はいはい』ができることを目指していく。

ベッドでのトレーニングで、腹這《はらば》いの姿勢から少しずつ両腕に力が入るようになってきた、気がする。

この辺の進捗は、常識に照らして異様に早い気もしないでもないのだが。

もしかするとこの世界の人類の体力として、驚くことでもないのかもしれない。

それに加えて、ふつうの赤ん坊にない『目的意識』を持って事に当たっているのだから、少しくらい早くても不思議ということもないと思う。

またこんなことをしているうちに、視界に映《うつ》るものもかなり明瞭、つまりはふつうに目で見えるようになってきていた。

この辺の進捗は、言語の習得と同時並行で進められた。

さらに同時に、言語の聞きとりに加えて発声の方も夜一人のときに何度か練習して、少しずつ体得してきた。

とは言え、そこは赤ん坊の身体だ。どうしても舌足らずの発声になってしまうのは避けられない。

自分で聞いていてあまりにも情けないレベルなので、当分人には聞かせられない、と固く心に誓うことに相成《あいな》った。

いや、それでなくても。

ここまでのすべての進捗、体得したもの。何もかも、人には知られないようにしよう、と僕は考えていた。

もうすぐ『はいはい』ができそうなことも、人の話を聞いて理解でき始めていることも、舌足らずながら言葉を発せるようになり始めていることも。

すべて、おそらく、この月齢《げつれい》の赤ん坊としては早すぎるくらいのはずなのだ。

『気味悪い』と思われたり、監視がついたり行動制限されるようになるなどしたら、すべて台無しだ。

こんなことができるようになったよ、とあの母親を喜ばせてやりたいという思いがないでもないけど、その辺はもう少し小出しにしていこうと思う。

そのためにはまず、ベティーナに実態を知られないようにする細心の注意が、必要だと思われる。

ということで、会話聞きとり以外のこれらの訓練はすべて、ベティーナが部屋から出た夜に限るようにするのだった。

見た目幼くはあるけれど、ベティーナはなかなかに優秀な子守りなのだ。

この寝室にいないときでも、僕が何らかの不快でむずかり声を上げると、数分以内には駆けつけてくる。

室外にいても絶えずこちらに注意を向けている、ということのようだ。

一度など、真夜中にも。

これはまったく無意識なわけだが、僕は悪い夢にうなされて唸《うな》り声を漏《も》らしていたらしい。

気がつくと、ベッドの傍に誰かがいて、そっと胸元と頭を撫《な》でてくれていた。

ほとんど半分夢の中のまま、僕はその感触に安心して、再び眠りに戻っていた。

暗い中で顔も見えなかったけれど、あの触れてきた手の小ささからして、ベティーナだったのだと思う。

翌朝に顔を見たとき、思わず先の決意をかなぐり捨てて、感謝の言葉をかけそうになっていた。

何とか冷静に考え直し、思い留《とど》まったけれど。

こうして、いくつかの進展は見たけれど、欲しい情報量としては決定的にまだ足りない。

そんな現状を見回してはみたけど。考えてみると、こうした意識を持つようになって、まだ十日程度なのだった。

慌てることはない。しかし何か、気が急《せ》かされてしまう、そんな日々が流れていた。


パンパカパーン！

朗報です。

ついに、僕の名前が判明しました。

どうも、ルートルフというらしい。

何しろ、今し方恒例の面会を果たした母から、

「よかった、ルートルフは今日も元気ね」

と、笑顔を向けられたのだ。

ルートルフ。

先の子守りと乳母の会話から知れた姓がまちがいなく自分のものだとすると、
ルートルフ・ベルシュマン
ということになるようだ。

何とはなしに、感動。

その興奮のあまり、思わず母親に向けて予定外のサービスをしてしまった。

「……かあ……ちゃま……」

間近の空のような青色の瞳が、いきなり大きく瞠《みは》られて、
ひい、と大きく息が吸い込まれ、
一瞬の間の後、

「きゃあああーーー」

細高い歓声が、母の口から弾《はじ》け出た。

「ねえねえ、聞いた？　ルートルフが喋《しゃべ》った！　『母様』って！」

「ええ、ええ、聞こえましたよ」

「おめでとうございます、奥様！」

イズベルガは穏やかに微笑み、ベティーナは笑顔を満開にして、母に声をかけた。

「まだ六ヶ月なのに、なんてルートルフ様はお利口《りこう》だこと」

「さすがはルート様です！」

みんなの喜びぶりに、予定外のことをしてよかったと、一安心。

でも、これ以上は当分控えることにしよう。

それと、思い出した。

以前から、ベティーナとウェスタの会話の中に「ルート様」という単語は聞こえていたような。

あれって、僕のことだったんだ。気がつくのが遅かった。

まあ今日ここで、母と息子の絆《きずな》を深めることができた。結果オーライということで。


日に日に、寒さが増してきている。

それと共に、日の暮れが早くなってきているようだ。

以前には暗くなるのに合わせて僕を寝かしつけ、ベティーナは部屋を出ていったものだが。最近は寝るにはまだ少し早いと、ランプを点《つ》けるようになった。

何かの油を使って火を燃やす形のランプのようだ。

それでもやはり、節約を命じられているのだろう。そのランプも、ぎりぎり手元が見えなくなるくらいまで点けることはない。

この日も、ベッドの僕から離れたベティーナの顔が判別できなくなっても、まだ照明は点けられなかった。

——暗いなあ。

一人思索にふけることは嫌いではないので、暗いのが特別嫌で仕方ないというわけでもなかったのだけれど。

何とはなしに、僕は天井に向けて手を伸ばしていた。

――明るく、ならないかなあ。

思って。数呼吸、後。

ぽっと、天井より少し下の空気がわずかに明るく輝き出していた。

「え？」

「わあ！」

僕の困惑と同時に、ベティーナが悲鳴のような声を上げていた。

光は、すぐに消えたのだけど。

子守りは、ばたばたとベッドに駆け寄ってきた。

「ルート様、ルート様、加護《かご》――それ、加護ですよね？」

――はあ？

意味が分からない。

『記憶』を探っても、珍しく、こちらの現実とは異なるがこれに近いか、という程度の知識さえ、出てこない。

カゴ、何？

――説明、プリーズ。

頭は混乱しながらも、表面上はただぽかんと目を丸くしている、つもりでいると。

勢い止まらない様子で、ベティーナは独《ひと》り言《ごと》よろしく喋りを続けていた。

「すごい、すごいです。本当なら一歳過ぎて、教会で適性を見てもらってから使えるようになるものなのに。さすがはルート様です、ルート様、光の加護がおありになるんですね」

少し……分かったような、分からないような。

教会で適性？

光の加護？

「ほら、加護って『火』『水』『風』『光』の四種類、誰でもそのどれか一つを授かっているんですよ。かく言うわたしは『水』で、一日コップ半分の水を、どこでも出すことができるんです」

一日コップ半分……。

すごいような、すごくないような。

まあ、何もないところでそれができるというなら、すごいのか。

まるで、魔法？　みたいな？

「知り合いにも『光』の子がいるんです。慣れたら、こんな暗い中でも掌《てのひら》の大きさくらいは見えるように照らせるんです」

すごい、けど……。

――魔法としちゃ、ショボくない？

いやそれにしても、驚いた。ここ、魔法のある世界だったのか。

――ショボいけど……。

「あ、でもでも――」

大急ぎで、ベティーナは首を振っていた。

「加護、教会で適性を見てもらう前に使ったら、怒られちゃうんです。ルート様それまだ、人前で使っちゃダメですよ。わたしも、誰にも言わないでおきますから。ルート様のことみんなにいっぱい自慢したいけど、我慢しますから。約束ですよ！」

勢いに押されて、僕は思わず頷《うなず》きを返してしまっていた。

ここで話が通じるなんて、驚きどころではないはずなんだけど、ベティーナはそれで納得、満足した顔になっていた。

「約束ですよ。絶対ですよ」

言い含めをくり返して、やがてベティーナは部屋を出ていった。


一人、暗い部屋に残されて。

仰向《あおむ》けのベッドから、ぼんやり僕は手を持ち上げてみた。

――加護？　魔法？　――いややっぱり、魔法と呼ぶにはおこがましいか。

誰もが、四種類のうちの一つを授かる。

一日コップ半分の水、掌の大きさの光、といったあたりが、標準？

――まあ、サバイバル生活の中でなら、役立つだろうな。

標準的に文化的な生活の中でなら、ほとんど必要もないレベルのものじゃないだろうか。

まあこんな夜の闇の中で突然何かを見たいという必要に駆《か》られたときには、便利かもしれない。

思いながら、僕はもう一度さっきの要領で手の先に念を集めてみた。

――明るくなれ。

ぽやん、とおぼろげな光が灯る。

何かを見るにしても、用途によってぎりぎり、という感じだ。

メモ紙の文字を読むなら何とか、と『記憶』が囁いてきた。

部屋全体を見回すには、かなり苦しい。

一瞬ならもっと強くできるけど、長くは続かない。

——練習次第とか、身体が成長したらもっと強くできるとか、ないだろうか。

さっきベティーナが言っていた『掌の大きさの光』の話は赤ん坊よりは成長した人の例だろう、と思うと、期待薄な気もしてくる。

『慣れたら』ともつけ加えていたから、そこそこ練習した結果なのだろうし。

『記憶』を探ると。

『フィクション（?）の話だが』と注釈つきで『貴族の血筋だと魔法の力が強い、という例はある』という情報が出てきた。

期待していいのやら悪いのやら、とりあえずは分からない。

そのまま数回、練習で光を灯してみた。

——ベティーナに約束したのは『人前で使わない』だからな。

しかし、そのうち。

『魔力を使い尽くして命を落とす、という例もある』と『記憶』が告げてきた。

慌てて練習をやめて、僕は大人しく眠りについた。

その後も。

毎夜、ベティーナが部屋を出た後、僕ははいはい習得のための手足の鍛錬《たんれん》と共に、光加護に慣れるための練習を少しずつ行っていた。

慣れることで光の強さなどが増えるかは体感的に分からないけれど、照らす範囲や方向を調整することはできるようになってきた。

当然のことながら、照らす範囲を広げると全体的には暗くなり、範囲を絞《しぼ》ると狭いポイントをやや明るく照らせるようになる。

そのため、光の使い方は大きく分けて二種類。頭上から広い範囲をぼんやり照らす方法と、指先からサーチライトのように細く光を放つ方法に、慣れるよう練習を進めることにする。

何度か試して、広い範囲をぼんやりなら、ほとんど意識することなく長時間続けていられるみたいだ。サーチライトなら数分間。一瞬ならもう少し強くもできた。

もっと練習を続けようと思う。

なお『はいはい習得作戦』の方も順調だ。最近では、ベッドの上を這《は》い回《まわ》れる程度に進歩している。

これはこれくらいの赤ん坊の特性なのか僕個人の個性なのか分からないのだが、何故《なぜ》か足よりも手の力の方が強いようで、シーツの上を手でぐいぐい身体を引き上げる格好で匍匐《ほふく》前進を続けている。

当面のところ、ベティーナを急かして抱き上げさせ、家の中を歩き回る探検もできるだけ続けている。

この日の首尾は、これまであまり馴染《なじ》みのなかった同居人との邂逅《かいこう》だった。

ベティーナに抱かれて階段を降りると、ちょうど奥の部屋から出てきたタキシードのような服装の長身の中年男性と顔を合わせたのだ。

「おお、これはルートルフ様。少しお目もじを失礼している間に、すっかり大きくおなりに」

にっこり、端正《たんせい》な笑顔を向けてくる。ウェスタたちの評ではこの家になくてはならない存在、おそらく執事という役職になるのだろうと思われる、ヘンリックだ。

留守《るす》がちな主人と臥せりがちな夫人に代わってこの屋敷と領地の一切を取り仕切っているという、いつ見ても多忙な様子で、数日主人の息子に挨拶できない程度で責める気にもなりようがない。

「伺《うかが》いましたよ。ルートルフ様に『母様』と呼んでもらえたということで、奥様がすっかり元気を取り戻したご様子だと」

「そうなんですよお」

執事が話しかけている相手は当然ベティーナで、僕を抱いた手を揺すり上げながら快活に応《こた》えている。

「ベティーナにはその調子で、ルートルフ様のお世話をよろしくお願いしますね」

軽く手を振るようにして、忙《せわ》しなく外へ向けて長い足を運んでいく。

とにかく忙しそうで、当分あの痩せた後ろ姿に肉がつく余裕はなさそうだ。

屋敷内の重鎮《じゅうちん》に励ましをもらったせいか、その後のベティーナの足どりは何とも軽やかだった。

2 赤ん坊、兄と遭《あ》う

今夜も『はいはい作戦』の続行。

シーツに肘《ひじ》を踏ん張って、全身を前方ににじり上げる。くり返し、くり返し。

そんなくり返しのうち、シーツがよじれ、滑り。僕はバランスを崩して、ベッドの脇《わき》に滑り落ちていた。

——失敗、失敗。

誰も見ていないのに、思わず照れ笑いをして。

四《よ》つん這《ば》いの自分の頭よりかなり高い、ベッド面をうーんと見上げる。

——上がれる、かな？

少しの間悩んで、どうせそんな苦労をするくらいなら、もっと思い切った冒険をしてやれ、という気になっていた。

秋深くに似合わず、何とも暖かさを感じる夜だ。家の中で凍《こご》えるということもないだろう。

ずりずりと匍匐《ほふく》前進で、ドアを目指す。

レバー型のドアノブは頭よりかなり上だが、以前から対策は考えていた。

こっそり隠していた布紐《ぬのひも》を取り出し、輪の形にした端を投げ上げて、ノブに引っかける。逆の端を引っ張ると、手入れのいいドアは軽やかに開いた。

わずかに開いた扉の板に四つん這いの肩をくじり入れ、開きを広げて暗い廊下へと這《は》い出《で》る。

臙脂《えんじ》色のカーペットが敷き詰められた廊下の床は冷たさもなく、ふわふわだった。

考えてみると僕は、部屋の外の床に足さえ触れたことがなかったのだ。

ふわふわの床を肘つきで踏ん張って、じりじりと進む。

そこそこ快調に、距離を稼《かせ》ぐことはできている。

しかし。

思った以上の感触のよさに、僕は舞い上がっていたのかもしれない。

当初の予定では、ある程度進んだところで余裕を持って引き返すつもり、だったのだが。

気がついてみると、まずい状態だった。

赤ん坊の身体に限界近い疲労が回り、あまつさえ眠気が差してきている。

思い返してみると、ただでさえいつもの就寝時間を超え、しかもさっきまでベッドで十分運動をしていたのだ。

――赤ん坊の体力のなさを、甘く見ていた。

とろとろと、眠気が込み上げる。

ぼんやり目の前が霞《かす》み始めている。

その中で。

妙な気配を、僕は感じとっていた。

思えば今までにも何度か感じた、何かこちらを観察するような。

ほとんど暗闇の中、どこかに誰かが、いる。
どこだ？
進もうとしている先、階段の手前？
冷静に考えれば、警戒してしかるべきだったろう。
しかし半分眠りに落ちかけていた僕は、そんな心持ちも失ってしまっていた。
警戒、どころか。
かすかに鼻に染みる、香り。
どこか、懐かしいような。
心惹《こころひ》かれる、ような。
ずりずりと、ほとんど無意識のまま、這いを続け。
続け。
ふわふわと、手を伸ばす。
触れた、柔らかな、温かな、感触。
やっと、届いた。
「何だ、こいつ」
低い、震える声が落ちてきた。
「寄ってくるなよ、お前。お前なんか――」
決して優しい声ではない、のに。
警戒してしかるべき、なのに。

その温《あたた》かみに両手を回して、僕の意識はゆっくり落ちていった。


「ええーー？　どうしたんですかあ、ウォルフ様あ？」

幸せな眠りを覚《さ》ましたのは、嫌というほど聞き覚えのある声だった。

「どうして、どうして、ルート様がここにいるんですかあ？　どうして、どうしてえ？」

「うるさい」

素《す》っ頓狂《とんきょう》な問いかけ声を、不機嫌な低声が遮《さえぎ》る。

「でもでもでも、ウォルフ様、ルート様に会わないようにしているんじゃなかったんですかあ？

それなのにどうして、ルート様がウォルフ様のベッドの中にい？」

「こいつがひっついて離れないんだから、仕方ないだろう」

ぴったり頬《ほお》を寄せていた温《ぬく》もりが、ずり、と離れかける。

無意識のまま、放さじ、と両腕に力を込める。

離れかけていた細い腕が一瞬震え、それから脱力した。

「え、え？　離れないって？」

とろり瞼《まぶた》を上げると、ベッドの横に立つのは、予想通り目を丸くしたベティーナだった。

「夜中トイレに行った帰り、いきなりこいつが足に絡みついてきたんだ」

「え、え？　だってルート様、まだはいはいもできないんですよ？」

「そんなの知るか。なんか元気に、廊下を這って歩いてたぞ」

「えーーー？」

大きく、肺の中が空っぽになるのではないかという勢いで、ベティーナは息を吐き出した。

「それにしても、驚いたあ。いつものようにウォルフ様を起こしに来たら、ベッドの中にルート様がいるんですもん」

ぼんやり頭の目覚めを待ちながら、僕にも少しずつ事情が理解されてきた。

今僕がしっかり抱えている腕の主、ベティーナと同年配か少し上かに見える男の子。

深く考えなくても、この家のお坊ちゃま、つまり僕の兄上に当たるのだろう。

今まで僕がその存在を知らなかったというのも、妙と言えば妙な話だけど。

さっき話に出ていたけど、何か理由があってこの兄は、ことさら僕と顔を合わせないようにしていたらしい。

それに、僕がこれまで得ていたこの家に関する情報は、もっぱらベティーナを中心とした会話を聞きかじってのもの。

特にこちらに向かって説明されたわけでもなく、こちらから疑問点を問いかけるのでもないのだから、情報に偏《かたよ》りがあって当然だ。

まして家の中のこと、お互いに当たり前のことは特に名前を出して話題にするなどなく過ぎてしまう可能性、十分にあるだろう。

あるいはもしかして、今までの会話の中で『ウォルフ様』という名前は出ていたのかもしれないが、少し前まで『ルート様』さえ僕は認識できていなかったのだ。ただ聞き流されてしまっていたのかもしれない。

それにしても、初めて知った。

ベティーナって、毎朝僕の世話をしに来る前に、兄を起こす役目も果たしていたのか。

毎日それ以降はほとんど僕の傍《そば》を離れていないのだから、使用人が兄の世話をするのはこの起床時だけということになるのか。あとは放置？　もちろん食事の給仕はランセルやウェスタがやっているのだろうけど、昼間、それ以外のことをしている様子は見受けられなかったと思う。

人手不足ということもあるのだろうけど、何だか兄とベティーナに申し訳ない気がしてきてしまう。

――手間のかかる赤ん坊で、ごめんなさい。

「分かったらこいつ、連れていってくれ」

「はいはい、分かりましたあ」

ベッドに寄ってきて、ベティーナはいかにも愉快そうな目で僕を覗《のぞ》き込んできた。

「それにしてもほんと、しっかりウォルフ様にひっついちゃって。やっぱりご兄弟なんですねえ」

「知るか」

「お母様の身を危険にした原因だからこいつとは関《かか》わらないって仰《おっしゃ》って、意地張ってらっしゃいましたけど、もういいんじゃありませんか？　こないだも遠くから気にして見てらしたこと、ルート様も気がついていらっしゃったみたいですよ」

「うるさい」

なるほど、分かってきた。

僕を出産したことで、母が健康を害した。それが、今まで顔合わせのなかった原因らしい。

それを言われると、原因となった当人として、どう償《つぐな》ってよいものやら困ってしまうわけだが。

とりあえず今は、母の快復《かいふく》を祈るばかりだ。

それとは別に、一つ気がついたことがある。

さっきからのベティーナの話し方、他の誰と話すときよりも親しみが籠《こ》もっていないか？

もしかしてこの兄とは、年が近い分昔から親しい、遊び相手だったとか？

あり得る、気がする。

「あれ、あれ？」

僕の腕に手をかけて、ベティーナは戸惑いの声を上げた。

「ルート様の手、離れませんよお。こんなしっかり何かに抱きつくの、初めて見ましたあ」

「何とかしろ」

「力一杯すれば何とかなるかもしれませんけどお、ルート様、泣き出しちゃうかも」

「……知るかよ、そんな」

「その、ウォルフ様、このままルート様のベッドまで運んであげていただけませんかあ。慣れたベッドでなら、安心して離れてくださるかも」

「マジかよ……」

一度、白んだ目が睨《にら》み下ろして。

「仕方ねえ、な」

掴《つか》まれていない腕を僕のお尻に回して、兄は起き上がった。

「すみませーん」

ちっとも恐縮の色もなく、歌うような口調でベティーナは後についてきた。

廊下に出て、二つ隣のドア。見慣れた自分のベッドに、やや乱暴に僕は下ろされた。

「ほら、眠たいんならここで寝直せ」

「うう……」

兄の腕を握ったまま、上目遣《うわめづか》いにその不機嫌満開の顔を覗き上げる。

「まだお相手してほしいみたいですねえ」

「マジかよ」

ベティーナの顔を、兄は嚙《か》みつきそうな表情で睨み返した。

「俺は朝食をとって、自分の日課をこなさなきゃならないんだ。お前の相手などしている暇はない」

こちらに向き直って、改めて睨みつけてくる。

あえて空気は読まず、僕はそれにまた上目遣いを返した。

「にい、ちゃ……」

「は？」

「わああーー」

とたん、ベティーナは両手万歳をしていた。

「聞きました？『兄様』って。ルート様、分かってらっしゃるんですよ、お兄様を」

「そ、そ……」

子守り少女の満開笑顔の横で、兄の顔は真っ赤になっていた。

「そんな、知るか！　日課の間は相手できないからな！　赤ん坊はここで大人しくしてろ！」

小さな手を振り払って、赤い顔のまま兄は睨み返してくる。

——日課の後なら、いいのかな？

首を傾《かし》げて、見返す。

同じことを思ったらしく、ベティーナはくすくす笑いになっていた。

「とにかく、飯だ。朝飯！」

ずかずかと、兄は乱暴な足どりで部屋を出ていった。


残ったベティーナは、くすくすが止まらないまま、僕の着替えに手を伸ばしてきた。

「ウォルフ様は午前中は家庭教師の先生とお勉強ですから、ほんと忙しいんですよお」

「…………」

——勉強、か。

興味惹かれる、気がする。

兄と、関わりを続けたい。

それは、ここに生まれて初めてと思えるほどの肉親の情みたいな感覚によるところが、大きい。

しかしそれに加えて、また勘のようなものが告げているのだった。

ずっと僕が求めていた情報が、兄の近くにいれば得られるのではないか、という。

家族に関することも、領地に関することも、おそらく領主の跡継《あとつ》ぎという予定になっているのだろう、兄のもとにになら、ある程度集まってくるのではないか。

――あの兄上、長男だよね？

その点、確かな情報として証明を得ていないけど。

まさかあの若く見える母に、さらに上の子どもがいるとは思えない。

推定十歳前後と思われる兄にしても、あの母が産んだとは信じられないくらいだ。

今でも二十歳を超えているとは思えない外見なんだけど、いったいあの人、何歳で出産したんだ？

後日得た情報では、母は現在二十六歳、兄は十五歳のときの初出産ということだった。

なお、兄と僕の間はかなり離れているわけだが、間に一人の死産を挟んで僕は第二子、まちがいなく次男ということになるようだ。


兄が出ていってからしばらくの後、乳母のウェスタが上がってきて、僕の朝食となった。

だいたい毎日同じスケジュールなわけだけど、今にして思えばウェスタが兄の朝食の世話を終えてから来る都合でこうなっているのかもしれない。

それが終わると、改めてベティーナは僕の服装を整えてくれた。

――兄上は、勉強の時間と言ってたな。

思って、ベティーナに抱き上げられた格好でその腕をぱふぱふと叩《たた》いた。

最近ではこれで通じる、家の中を歩き回りたい、という意思表示だ。

ただ、こんな午前の早いうちに散策をしたことはないので、ベティーナは戸惑いの顔を見せた。

「えと……もう少しお部屋でのんびりしませんかあ。ウォルフ様のお勉強の邪魔したら、怒られますよお」

――赤ん坊にそんなこと言っても、通じませんよー。

ぱふぱふ。

ベティーナの言い聞かせの努力に、何度もぱふぱふ攻撃を返す。終《しま》いには、子守りも根負けしてくれた。

「絶対、邪魔しちゃダメなんですからねえ」

ぶつぶつ愚痴りながら、僕を抱いて階段を降りていく。

降りた左側が、いちばん訪問頻度の高いキッチンと食堂。右側はあまり行ったことがないが、玄関ホールを挟んだ向こうの部屋のドアが開いたままで、兄と見知らぬ男性が向かい合って座っているのが見えた。

左へ行こうとするベティーナの腕をぱふぱふして止める。

――右、右。

無言の訴えの意味は通じたようだが、ベティーナは苦い顔になった。

「ダメですったら、勉強の邪魔しちゃ」

――見るだけ、見るだけ。

数十秒の攻防の末、ベティーナはああと溜息《ためいき》をついた。

「ちょっと見るだけですよお」

——勝った。

心の中で、ガッツポーズ。

ただこれ、僕がふつうの赤ん坊だったら、こんなところで子守りが譲《ゆず》ることは決してなかっただろう。少なくともこの意識を持ってからの十日あまり、人に迷惑をかけるような騒ぎ方を一度もしていない実績を積んだ上での、信用によるものだ。

本当に僕が勉強の邪魔をするとは思っていない。ベティーナの心配は、兄か家庭教師の先生かが嫌な顔をするかもしれないという点だけのはずだ。


開いた扉に近づくと、こちら向きに座っていた男性がひょいと顔を上げた。

「おやベティーナ嬢、こんにちは」

「こんにちは。すみません、ルートルフ様がこちらを見たがるので。決してお邪魔しませんので」

「おお、噂《うわさ》のご次男殿ですね」

二十代後半かと見えるどこかのんびりした雰囲気の男性は、愛想のいい笑顔を向けてきた。

向かいに座る兄は、ちらとこちらを一度振り向いた後、すぐに机の上での筆記作業に戻っている。石盤《せきばん》を使っての計算練習のようだ。

そのいくつかの計算問題が終わるまで見守るだけでいい時間なのだろう、男性は気軽な様子で立ち上がって、数歩こちらに寄ってきた。

「お初にお目にかかります、ルートルフ様。ウォルフ様の家庭教師を拝命《はいめい》しております、ニコラウス・ベッセルと申します」

右手を胸に当てて、大真面目《おおまじめ》な表情で、紛《まぎ》れもなく僕に向かって礼をしてくる。

貴族に対する礼儀作法の標準など知らないわけだけど、赤ん坊に対して大げさに過ぎるのではないかと思ってしまう。これがふつうなのか、この先生の性格なのか、どちらだろう。

はは、とかすかにベティーナの苦笑が漏れかけているところを見ると、後者の可能性大なのかもしれない。

「何だか今日はルート様がしきりとこちらを気にしておいでなものですから、ちょっとだけ覗かせていただければと」

「おお、この年から勉強に興味をお持ちとは、将来が楽しみなお子様ですな。これだけお静かなご様子なら、見学されてもまったく構いませんよ」

「勉強に興味、じゃないと思う」

──そこの兄上、聞こえよがしの独り言は慎《つつし》むように。

「ウォルフ様も、弟君《おとうとぎみ》の応援があればいっそう身が入るでしょう」

「いいんですか？」

先生に気さくに招かれて、ベティーナは部屋に入っていった。

かなり広さのある、板敷きの床の部屋だ。確か前にベティーナが『武道部屋』と教えてくれた。奥に木刀《ぼくとう》らしきものが数本立てられているので、父や兄がそういう剣の稽古などに使っているのだろう。

今はその広い部屋の入口側の隅に四人くらい囲める机が置かれ、兄と先生が向かい合っている。

ベティーナは二人を横から見る位置の椅子に腰を下ろすことになった。

その膝の上に収まって上体を伸ばすと、机の上が一望できる。

少し怒ったような顔で黙々と石筆《せきひつ》を動かしている兄の手元を見ると、やはり計算練習らしい。数字が読めないので、僕には内容が分からないけど。

残念、と思いながら先生の手元を見ると、すぐ脇にやや大きな木の板が置かれている。

大きめの文字がいくつも書き込まれているのだが、注目したのはいちばん上の行だ。

比較的単純な見た目の文字が、ひいふうみい……合計十種類並んでいる。

——おお！

もしかして、これが数字？

初心者用計算テキストの最初の行に数字の見本が並んでいると考えて、まちがいないのではないか。だとすると、順に0～9か、1～10か。

試しに0～9として兄の手元の計算に当てはめてみると、計算記号なども適当に当たりをつけて、
21＋48＝69
と読めることになりそうだ。合う。

石盤の他の行の問題や木の板の表記に次々当てはめてみた結果、まちがいないようだ。

つまりここの世界の数字、文字の形が違うだけで、アラビア数字の十進法表示とほぼ同じと考えられる。

十種類の数字を覚えれば、ほぼ問題なく使いこなせる、ということになりそうだ。

——やった。数字ゲット！

無言のまま狂喜している僕の横で。

計算中の兄を邪魔しない程度の小声で、先生とベティーナは会話を続けていた。

「ベティーナ嬢はその後も、文字の勉強を続けているのですか？」

「はい。自分の時間を使って書く練習をしたり、ウォルフ様に本を貸していただいて読んだり」

「それはいいことです」

話の様子では、一年ほど前にベティーナも兄と一緒に読み書きを習っていたらしい。

兄に向学心をつける刺激にもなればと、うちの両親が取り計《はか》らって基礎だけ学ばせたということのようだ。

「そのお陰もあってでしょう。今年になってからのウォルフ様の進歩には、目覚ましいものがありますからね」

「ベティーナのせいじゃねえし」

ぼそり。またどなたかの独り言が聞こえてきた。

「ああ、春の王都での騎士候補生合宿が、とても刺激的だったんですよね」

「おう」

ベティーナの補足には、力強い頷《うなず》きが返っていた。

「そうでしたね。いずれにせよ、同年代から刺激を受けるのは、とてもいいことです」

先生が、ゆったりと頷いている。

後で聞いた情報をつけ加えておくと。

貴族の子どもは、通常八〜九歳頃から家庭教師をつけてもらうなどをして教育を受け始める。

兄の場合、しばらく父の多忙、領地の不作、母の死産など、家庭に大問題が降りかかって落ち着かないことが続き、教育開始が少し遅れた。それまでは剣の練習や野山を駆け回るアウトドアライフの好きな子どもだったので、最初は少し座学に馴染《なじ》まなかった。

そのためしばらくは座学に集中するための刺激策として、ベティーナを共に学ばせた。さすがに一歳年下の使用人に負けるわけにはいかないと兄は奮起《ふんき》し、両親の狙《ねら》いは見事に当たったようだ。

騎士候補生合宿というのは、全国から騎士を目指す九〜十歳程度の貴族の子どもを王都に集めて毎年行われる野外合宿だという。十二歳以上対象の貴族学院に入学する前の子どもたちにとって、生まれて初めて他領地の同年代の子どもと接して大きな刺激になる、親たちにも好評の行事らしい。

ウォルフ兄上にとっては、父やベッセル先生から見ても驚くほど、その後の勉強に目の色が変わるくらいの効果をもたらした、ということだ。

「そういう刺激を得て向上心に目覚めるというのは、本当に得がたい経験です」

何度も頷いて、先生は笑顔をこちらに向けた。

そんな会話を聞き流しながら、僕はさっきから数字の解読に夢中になっていた。

兄が取り組んでいる計算練習は、まだ初級のもののようだ。

だいたい二桁から三桁の数の足し算と引き算で、数字の読みとりができた後は、僕にも暗算でできてしまう。

――え？

暗算できる？

どういうことだ？

あまり考えていなかったけど、もしかして僕の頭って、この世界では異常すぎることになっているんじゃないのか。

それこそ兄の年齢ならともかく、まだ生後六ヶ月の赤ん坊だぞ。

一瞬背中に冷たいものを感じて、僕は顔を強《こわ》ばらせていた。

――これは、誰にも知られないようにしよう。

そんな決心を心に刻んでいるところへ、

「それにしても、弟君にも向学心は受け継がれているのかもしれませんね。さっきからお兄様の勉強の様子に釘《くぎ》づけですよ」

――いや先生、よけいなことに気がつかなくていいから。

僕がやや焦っていると、その言葉にベティーナが食いついていた。

「そうなんですよ、先生。ルート様はとても優秀なんです。まだ六ヶ月なのに『母様』『兄様』が言えるんですから」

「ほおお」

「もうはいはいはできるし、おしっこは漏らす前に教えてくれるし、ほとんど泣いたりしないお利口さんだし、すごいんです」

「それはすごい。おそらく六ヶ月の赤子としては特筆ものですね」

「そうなんですか？」

思わずという調子で顔を上げた兄に、先生は頷き返した。

「ご家族が自慢されても不思議はないレベルだと思いますよ」

「ふうん」

「ですよね、ですよね」

実の家族以上に騒いでいる人が、約一名。

このまま自慢話の勢いで例の『加護』の件まで口走ってしまうのではないかと案じてしまったが、ベティーナもそこには理性が働いたようだ。

「まあしかし、いくら利口なお子様でもさすがにこの勉強内容まで食いついているわけではないでしょう。どちらかというとお兄様の真剣な様子に憧《あこが》れて、真似《まね》したいと思っているかというところだと思いますよ」

「ああ、ありますよねえ。小さな子どもが大人や大きな子どもの真似したがるというの」

「さすがに六ヶ月の赤子でそういう例を見た経験はありませんが、弟君の利発さからすると、あり得るかもしれません」

「それならなおさらウォルフ様、頑張っていいところを見せないと」

「……おお」

兄に笑いかけてから、ベティーナは少し考えて、先生の方に向き直った。

「じゃあじゃあ先生、お兄様を真似した『勉強ごっこ』なら、ルート様も気に入るかもしれませんね」

「そうですね」

「試してみましょうか。どんなのがいいでしょうね」

「そう……さすがに今ウォルフ様が取り組んでいる計算練習は、合わないでしょうしね」

考え込む先生の顔から、そっと僕は視線を外した。

まさか逆の意味でレベルが合わないなど、口が裂けても言えない。

「ああ、あれはどうですか。去年ベティーナ嬢に差し上げた、基礎文字表。まだ持っていますか」

「ああ！」

ぽん、とベティーナは手を叩いた。

「持ってます、まだ部屋にあります。いいですね、あれなら壊《こわ》れないし危ないことないし、汚れても大丈夫だし」

「ですよね」

「今とってきます！　少しの間、ルート様をお願いします」

僕を椅子に残して、ベティーナは慌ただしく駆け出していった。

すぐに持ち帰ってきたのは、小さなベティーナにとって一抱えほどの大きさの木の板だ。

机に置いたその表面に、規則正しく文字が並んでいる。

覗き込んで、僕は目を瞠《みは》った。

――！　これはもしかして――

「いいでしょう、ルート様？　これで、基礎文字が全部覚えられるんですよ」

『五十音表』という言葉が、頭をよぎった。

思わず、ぱたぱたと両手で板の表面を叩く。

それからずいと、先生の前へ向けて板を押し出す。

「先生に、先生役をしてもらいたいみたいですよ」

「これはこれは」

苦笑しながら、先生も少し乗ってくれる気になったみたいだ。

「いいですか、ルートルフ君。これは基礎文字表と言いまして、今使われている我々の言葉は、原則すべて、この文字で表すことができます」

『ごっこ遊び』の乗りではあるけど、そこは本職の先生、一応正確な内容の講義を試みてくれているようだ。

ものすごく興味惹かれる説明、だけど。

さすがに赤ん坊が本気で食いついてみせるのは、異常すぎる。

適度にぱたぱた板を叩き、きゃっきゃとはしゃぎ声を上げ、遊びの形を作りながら僕はその説明を頭に入れていった。

それによると。

この世界の文字は、一音ごとに一つずつの基礎文字が割り振られている。その文字を繋《つな》げて表すことで、すべての言葉はこれらの文字で表現できる。

『つまり五十音の平仮名のようなもの』と『記憶』が囁《ささや》く。

この他に、物の名前などを表す言葉（名詞）を一文字や二文字で表現する複雑文字も存在するが、現代では難しいものは古語の研究やかなり格式張った文書でしか使われない。世に出回っているほとんどの文章は、基礎文字にごく簡単な複雑文字を混ぜた程度で表現されている。

よって、この基礎文字をすべて覚えておけば、ほとんどの文章、その大半の意味を読みとることができるのである。

そのあたりで一区切りとして、先生は説明を切った。

しかし僕にとって、十分すぎる情報だ。

さすがに兄の先生をずっと独占するわけにはいかない。

ずいと板を引き戻して、僕を膝に乗せたベティーナの顔を見上げる。

意味を察したらしく、ベティーナは笑った。

「あ、じゃあわたしが先生役をしますね」

期待した通り、引き継いでくれた。

「いいですか、これがルート様の『る』」

一文字ずつ指でさして、読み方を教えてくれる。これも、期待した通り。

やはり、ぱたぱた、きゃっきゃ、を続けながら、僕は内心必死にその説明を頭に刻んでいった。

僕のご機嫌が嬉《うれ》しかったのだろう、ベティーナは結局すべての文字の読みを教えてくれた。

そうしているうちに、兄は計算練習を終わって別の教科に移ったようだ。

先生との間に、また別の図や文字が書かれた板が広げられている。どうも、地図のようだ。

これにも大いに興味が惹かれる。けれど、さすがにあからさまに覗き込むのは控えた。

耳を傾けると、妙に深刻な調子の会話がされている。

「やっぱりありませんか、うまい方法」

「うーん、どうしても、クロアオソウは夏から秋の野菜だからねえ。地熱はいい観点だと思うんだけど」

「何とかなりませんか、今うまくいかないと、間に合わないかもしれないんです」

「焦《あせ》るのは分かるんだけどね。知り合いに訊《き》いてもやっぱりうまい文献はないんです」

「そうですか……」

勉強というよりは相談？　まるで難しい研究を論じているかのようだ。

地図のあちこちを指さし確認して、先生と生徒はひとしきり唸《うな》り、口を閉じてしまった。

それから、示し合わせたみたいな大きな溜息。

「あれもこれも、行き詰まりですか。北がダメなら、あとは東。でもこっちの森も……」

「あの野ウサギってやつも、難物だねえ。いったいどうなっているんだか」

二人の指の動きを、目で追う。ここの地図でも上は北なんだ、と変な納得をしてしまう。

そのうち地図に大きく書かれた文字に気づいて、僕はますます関心を惹かれていた。

さっき覚えた文字によると、それは『ベルシュマン男爵領』と読めるのだ。

どうも、うちの領地の現状について論議しているらしい。

ベティーナも気がついたらしく、二人の顔を見比べた。

「野ウサギ？　東の森のですか？」

「ああ。ベティーナも聞いているか？　野ウサギが異常に増えているってのな」

「あ、はい。村の人が言っていたような」

「それなんだけどね」先生が顔をしかめた。「地理の課題としてウォルフ様に領地の農業について調べるように言ったらね、深刻な事態が見えてきた。近年不作気味なのはよく知られているけど、これ気候のせいだけじゃなく、森で増えた野ウサギに食われる害も大きいみたいなんです」

「そうなんですか？」

「原因はよく分からないんだけど、確実に数はかなり増えている。知っての通りここの野ウサギは異常なくらいすばしこくて、農業兼業の村の猟師ではほとんど弓で狩ることができない。罠《わな》をしかけても結果は微々たるもの。このままでは来年は飛躍的に農業被害が増える予想が立ってしまう」

「それだけじゃない」兄が口を入れた。「今年の不作の状況だと、冬の間に餓死者が出ても不思議じゃないほどなんだ。その対策のためにも、うちの母上のためにも、野ウサギの肉を食用に活《い》かしたいんだけど、うまい方法が見つからないんだ」

「餓死者って――大変じゃないですかあ。でもでもあれ、こういう不作のときって、よそへ出稼ぎに出たりしてしのぐものなんですよね？」

「それが、去年あたりから、これも原因は分からないんだけど、うちの領民はほとんどよそで雇ってもらえなくなっているらしいんだ」

「そんな、どうしてえ？」

「分からない。どうも父上は見当をつけているみたいなんだけど、打つ手なし。少なくとも今年の冬には間に合いそうにないらしい。だからこちらとしては、うちの主要作物のクロアオソウの増産と野ウサギ狩りの方法について検討しているんだけど、どうもうまい手が見つからない」

「どちらももう、村の人がさんざん考えているでしょうからねえ」

「だよなあ」

「それと、あれ、さっき、奥様のためにもって言いました？」

「ああ。母上の病は血が足りないことから来ているらしいんだけど、野生動物の肉や内臓が治療に効《き》くらしいんだ」

「そうなんですかあ。そう言えば奥様、贅沢《ぜいたく》はできないって仰って、肉なんかあまりお召し上がりにならないですものね」

「俺が狩りの方法を見つけて、領民にも肉が渡るようにすれば、母上も食べてくれると思うんだよなあ」

「ですねえ、きっと」

みんなで溜息をつき合っても、ここで良案は浮かばない。


地理の勉強も切り上げて、兄は剣の稽古《けいこ》だと立ち上がっていた。

ベッセル先生は武道が得意ではないが昔学院で習った程度の経験はあって、型を見るくらいの指導はできるらしい。

とりあえず兄はトレーニングスケジュールを組んでもらって、素振《すぶ》りを中心に汗を流すのだという。

奥に立っていった兄は、さっそく木刀を持って素振りを開始していた。

先生とベティーナはかなり真剣にそれを眺めている。

その隙に。僕はそっとさっきの地図を引き寄せて、目を凝《こ》らした。

うちの領地――地図の縮尺はないけど、おそらくかなり、狭い。

北と西には山が迫り、さっき話題に出ていたように東はけっこう広い森。その向こうは他領ということだろう。

領地の南端にこの屋敷があり、それより北はすべて領民の家と農地。ここより南はすぐ他領、そのまま進むと王都へ続く。

おそらく王国内でも北の果てと言っていい立地なのだろうと思われる。

地図の端に書かれたいくつかの数字は、長さとかだとしたら、単位を知らないので分からない。

ただ一つ分かったのは『２１４人』という記述。おそらく、領の人口だろう。

――２１４人――少な！

税などどういう仕組みになっているか知らないけれど、この人数から徴収した税金だけで男爵家の経営ができるとは、なかなか思えない。

おそらくそれだから、父は出稼ぎ状態で領地にいる暇がないのだろう。

領民から税をとるどころか、兄によるとこの２１４人の中に餓死者が出ないか心配しなければならない状況だというのだ。

――わあ、かなりの無理ゲー。

何だか訳の分からない単語が、胸に浮かんできた。

規定の素振り回数を終えたらしい兄は、次に弓を持ち出していた。

弓を引き絞る体勢を作って、しばらく静止。また形を作り直して、静止。それを何度かくり返す。

持続力とか、的中率を高めるための練習だろうか、と思う。

そちらを見ながら、ベティーナが横の先生に問いかけた。

「ウォルフ様は、剣士志望じゃなかったんですか？」

「そうだったんだが、少し前から弓も鍛えたいと言い出しているんだ。おそらく、さっきの野ウサギ狩りを想定してのことだと思う」

「そうなんですか」

「それにウォルフ様の加護は『風』だからね。弓と相性がいい。うまく使えば的中率や矢の威力を高めることができる」

「へええ」

その辺の理屈は分からないけど。ただ、思った。

——弓を構えた兄上、格好《かっこ》いい。

本当に、領民と母上のための野ウサギ狩り、成功してほしいと思う。

何か協力できることはないか、と考えて、すぐに挫折《ざせつ》した。

今の僕のこの手で、弓も剣も持つことさえできないのだ。

何年かの猶予があるならともかく、この冬のうちがデッドラインでは、僕にどうしようもない。

3 赤ん坊、栽培小屋を見る

一通りの座学と運動の指導を終えて、先生は帰っていった。

久しぶりに勉強の場に参加して少し興奮したらしく、ベティーナは昼食をとる兄の傍《そば》でいろいろ話しかけていた。

ついでに僕の昼食も、隣のキッチンにいた乳母《うば》に済ませてもらう。

昼食後、兄はいつもの日課で外回りだと、外出していく。

いつもなら昼寝をしていることが多い時間だけれど、僕はベティーナを促《うなが》して今し方の勉強部屋もとい『武道部屋』に連れていってもらった。

さっきのまま机に広げられた基礎文字表の板に手を伸ばすと、勉強ごっこの続きでベティーナはまたその読みを教えてくれた。

復習にはなるけど、ほぼちゃんと覚えることができている。

もう一つやりたいことをどうやって実現するか、頭の隅で考えていると、

「ベティーナ、ちょっと頼める？」

向かいのキッチンの方から、ウェスタが声をかけてきた。

はあい、と応えて、ベティーナは僕が座る場所の安全を確かめた。

「ちょっとここでお待ちいただけますか。あまり動かないでくださいね」

「うー」

ご機嫌に返事すると、安心したようだ。


子守りが出ていくのを確かめて、行動に移る。

さっきまで先生が座っていた席の後ろが小さな本棚になっていて、木の板を束ねた本のようなものが数冊あるのが気になっていたのだ。

基礎文字を覚えられたことだし、どの程度読めるものか、確かめたい。

開いた本は、手書きの植物図鑑らしきものだった。

しばらくの間、ベティーナが戻ってくるまでに、いくつか情報を得ることができた。

「あれ、ルート様、どこですか？」

「うー」

「え、あれ、今度は読書ごっこですか？」

「うー」

「この本は、まだルート様には無理ですよ。それに、汚したら怒られちゃいます。ないないしましようね」

まだ心残りだが、無理を言うことはできない。

そのまま抱き上げられて、僕は昼寝のために部屋に連れ戻された。

夜。

また僕は、無事部屋から這《は》い出《だ》しに成功した。

暗い廊下。しかし、何ものかの気配。

そちらへ向けて、ひたすら直進する。

「こら、寄るなって言うのに」

かけられた声は、無視。

その脚《あし》に、力一杯しがみつく。

あまり気の入らない振り払いにも抗《あらが》って、絶対放さじとしがみつく。

これ見よがしの溜息《ためいき》の後、僕は、よいしょと抱き上げられた。

僕の部屋へ向かう。

と見るや、「ふえ、ふえ……」とむずかり声。

もう一度、大きな溜息。諦めの歩調は、二つ離れた自室へ向かう。

大きなベッドに抱え込まれ。

安心の匂いに包まれて、僕は熟睡に沈んでいった。


朝、起こしに来たベティーナと兄の間に、前日と同様の会話が再現された。

「こいつに言い聞かせろ。昼間少しは相手してやるから、夜這《よば》いに来るのはやめろと」

「そんな具体的な言い聞かせ、わたしだってできませんよお」

「マジかよ、くそ」

その日も、僕は兄の勉強の場に参加させてもらった。

まあとりあえず、基礎文字表で勉強ごっこに興《きょう》じている様子を見せると、みんなが安心するのだ。

兄の勉強、やはり計算は初級。

地理の勉強として、また深刻な相談がされる。

兄も先生も午後からそれぞれ農地や森を見て回ったが、やはり打開策は見えない、と報告し合っている。

勉強を終えて昼食後、約束を守って兄は、二刻ほど勉強ごっこにつき合ってくれた。

その後で、また外出していく。

窓から覗《のぞ》くと、屋敷の裏手に向かう兄の姿が見えて、少し気になった。

その日は、ささやかな勝利を噛《か》みしめて、僕は夜の冒険をやめにした。

そのまた次の日も、同じような過ごし方になった。

勉強を終えて昼食の後、僕とごっこ遊び。

その後で、兄はまた外出。

前の日と同じ方向へその姿が消えるのを確かめて、僕は急いで部屋に戻るようにベティーナを促した。

部屋に入ると、「うーうー」と窓を指さし、開いてもらう。

全面木製の窓は、開かないと外が見えないのだ。

「寒くないですかあ」

首を傾《かし》げながら、それでもベティーナは従ってくれた。

開いた外は、裏庭に向かっている。ほとんど裏の森に飲まれそうな位置に、ごく小さな小屋が建っていた。

タイミングよく、そこへ向かう人の姿が二階から見下ろせた。

「あれ？　あれウォルフ様じゃないですか」

「うーうー」

兄が小屋の中に入るのを確かめて、僕はベティーナの腕をぱふぱふ叩《たた》いた。

「え、え？　お兄様のところ行きたいんですかあ？　でも、外……」

ひとしきり考え込んで、「まあ庭ならいいか」とベティーナは頷《うなず》いた。

季節はかなり冬に近づいているところなので、念のためにと厚い上着を着せられる。

さらに抱いたベティーナが上からマントのようなものを羽織《はお》って、裏口から連れ出してくれた。

空には厚い雲がかかっていて、まだ午後早い時間なのに暗くなってきている。

森近くでさらに木陰《こかげ》の暗がりに覆《おお》われかけた小屋に、ベティーナは小走りに寄っていった。

入口を覗いた、その拍子に中から出てきた少年と鉢合《はちあ》わせになって、

「きゃ」

「わ、何だ、お前——って、ベティーナじゃねえか」

僕には初対面になると思われる少年は、ベティーナと知り合いだったようだ。

「アヒム？　あんたここで何してんの？」

「ウォルフ様の手伝いだけど？　お前こそ何だよ」

「何だ、どうした？」

「って、リヌスも？」

続いて出てきた同年代の少年にも、ベティーナは丸くした目を向けた。

似通った年格好なので幼なじみとかいうことになるのだろう、と判断して僕が三人を見比べていると、小屋の奥から兄が入口へ寄ってきた。

「何だ、ベティーナか。どうした？」

「ルート様がウォルフ様の行った先を気にしてらっしゃるようなので。それにしても、みんなでここで何してるんですか？」

覗いた小屋の内部は薄暗い中に床板もなく、一面耕された土が露出していて、ところどころに青い植物が顔を出している。つまり、小屋の中が畑になっている格好らしい。

「畑、ですよね、どう見ても」

「ああ、畑だ」

「何だってわざわざ、小屋の中に畑を作っているんですか？」

「まあ……実験というか、だな」

何か作物栽培の実験を、農家の息子二人の協力を得て行っている、ということらしい。

ベティーナが中に招かれて扉が閉じられると、僕にも少し事情が察せられた。

頭から被《かぶ》せられた格好のマントが、煩《わずら》わしいほどに感じられてきたのだ。

マントが開かれると、初めて僕に気がついたらしい少年二人は目を丸くした。

兄の方は、少し苦い顔になっている。

「実験って、いったいどんなことをしているんですかあ？」

問いを重ねられて、兄は大きく溜息をついている。

「クロアオソウの栽培だ」

「クロアオソウって――この村じゃどこでも作ってますよね」

「たいていは夏に種をまいて秋に収穫している。それを冬に収穫できないかって思ってな」

「冬は、雪に埋もれるから――ああ、だから小屋の中ですか？」

「それともう一つ。何か気がつかないか、この中？」

首を傾げ。すぐにベティーナは、今し方自分がマントを開いた理由に思い当たったようだ。

ぽん、と手を叩いて、

「ここ、暖かいですね、そう言えば。外はもう寒いのに、どうなっているんです？」

「地熱って言うんだそうだ。この村の何箇所か同じような場所があるけど、自然に地面が温かくなっている」

「ああ、だから冬でも栽培ができるんじゃないかって」

「そういうことだ」

「すごいじゃないですか、大発見！」

「――そううまくいかないから、困っているんだ」

「え？」

「もう一つ、気がつくことはないか？」

「え、え？」

慌てた様子で、ベティーナは小屋の中を見回す。

ごく狭い室内で、奥の方は闇に沈みかけている。

それでも何とか判別できる土の上は、順におおよそ三種類に分けられているのが分かる。

入口近くの列は青い植物が顔を出しているが、ほとんどしおれてヘニョヘニョという状態。

中央部分はようやく芽が出たばかりという様子。

奥の方はまだ土の上に何も見えない。種をまく前か、まいたばかりというところか。

「こっちのお野菜、すっかりしおれちゃってますねえ」

「だから困っている、失敗と思うしかないんだが。原因は分かるか？」

「えーと……」

「植物の成長に必要なものは？」

「えーと、水、肥料、土？」

「土はなくてもいい場合があるそうだけどな、あとは適切な気温、日光」

「ああ」ぽん、とベティーナは手を叩く。「ここ、暗いですよね。日光不足？」

「そういうこと」

「それってでも、最初から分かっていたことじゃ？　小屋を使うって決めたとき」

聞いて、少年三人は渋い顔を見合わせた。

最初に顔を出していたアヒムが、その渋い顔のまま溜息をついて、

「父さんたちにも協力してもらってこの小屋を建てたとき、ほらそこ、ちゃんと屋根の一部が開くようにしてもらったんさ」

「そこを開け閉《あし》めしてうまく日光の調整したらと思ったんだけどさ、ダメだったさ。開けたらすぐ中が冷えちまって、地熱使った意味がない。この先本格的な冬になったら、もっとひどくなるさ。がっかりだあ」

リヌスも言葉を継ぐ。

それに、ベティーナは大きく頷いた。

「ああ、だから……」

「失敗ってことだ」兄も苦い顔で頷く。「熱を保とうとすれば日光を入れられない。日光を入れたら冷えきってしまう。ベッセル先生の言い方だと『二律背反』って言うんだとさ」

「何週間も頑張ったけど、無駄だったみたいさ。やっぱり、もうやめ――」

「でもウォルフ様、まだ失敗と決めつけられない。もう少しいろいろ工夫してさ」

「あああ、やってみよう。もしかしたらこのまま、日光不足でも辛うじてどうかすれば食べられるくらいのものにはなるかもしれないしな」

協力者たちを振り返って、兄はどことなく弱々しい笑いを見せた。

どうも少年たちも一枚岩ではなく、リヌスは悲観論、アヒムは楽観論の支持者のようだ。

光を通して熱を遮断《しゃだん》するようなものがあればいい、わけだが。

ガラスとかビニール（？）のようなものは、この世界にないのだろう。もしガラスなどあったとしても、手が届かないほど高価なのかもしれない。

一通り室内を見回して、僕も溜息をついた。

それを寒いせいと思ったのか、ベティーナはマントをかけ直してくれた。

「もう戻ります。すみませーん、お邪魔しました」

「ああ。俺たちももう、今日は終わりにする」

使っていた農具などを隅《すみ》に片づけて、兄たちも僕らと一緒に外に出た。

戸が閉められる前に、僕は内部をもう一度見回してみた。


少年二人と別れて、兄と一緒に裏口に入る。

「それにしてもウォルフ様、午後は毎日こんな作業していたんですねえ」

「ああ。ここで農作業をしたり、森で野ウサギの様子を調べたり、だな。農作業は毎日いじってても仕方ないから、だいたい三日に一度くらいだ。昨日《きのう》と今日は新しい種まきのために二日続いたけど」

こっちもあっちもうまくいかない、と兄はぼやいた。

「領地を思っての努力なんですから、きっと何か報《むく》われますよぉ」

「だといいんだけどな」

階段を昇ると、兄はすぐ自室に籠《こ》もってしまった。

僕は外出用の厚着を脱がせてもらって、のびのびとベッドの上で仰向《あおむ》けになった。

開けっ放しだった窓を慌てて閉じ、「しばらく天気悪そうですよねえ」とベティーナは独り言を漏らしていた。

それから数日、ベティーナの言った通り、雨が降り出すかどうかぎりぎりかといった曇天《どんてん》が続いた。

小屋の野菜栽培にますます絶望を深めたという様子で、兄はどんどん天気に合わせた顔つきになっていた。

前回の農作業から三日後、兄が昼食を済ませた頃合いに、正面玄関から声がしてきた。

「ウォルフ様、大変だ！」

部屋にいても聞こえたその大声に、僕はベティーナを促して階段口まで出ていった。

アヒムとリヌスが玄関口から首を入れて、食堂から出てきた兄に大声を続けている。

「どうした？」

「あの元気なかったクロアオソウ、元気になってる」

「何だって？」

「魔法だ！　何もしてないのに、小屋の中明るかったさ」

「そんなわけないだろう」

「だから、早く、見に来てください」

「分かった、今行く」

一度引っ込んで、兄は支度をしているらしい。

何も言わないままベティーナは部屋に駆け戻って、先日と同じ厚着を僕に被せ出した。

いつになく荒々しい手つきの仕打ちを、黙って僕は甘受《かんじゅ》した。


兄より少し遅れて小屋に駆け込むと。

手前の畑の列に見えているのは、先日とまるで見た目の変わった瑞々《みずみず》しい青野菜だった。

「本当だ……」と、兄は呻《うめ》き声を漏らしていた。

「さっき三日ぶりにここへ来たら、こうなってたさ」

「しかし、あれ、おい――」

アヒムの説明を遮って、兄は天井を見上げた。

外の曇りきった空と同様に、小屋の中は暗がりが支配している。

「お前らさっき、小屋の中明るいって言ってなかったか？」

「はあ。さっきは」

「戻ってきたらもう、またこんな暗くなってたさ」

「どういうことだ？」

三人で顔を見合わせ、改めて辺《あた》りを見回している。

それへ向けて、ベティーナが我慢が限界を超えたと言わんばかりの声をかける。

「でもでも、何にしてもこれ、大成功じゃないですかあ。この野菜なら、売り物にもなりますよお」

「そうなんだが」ぼりぼりと兄は頭をかいた。「この一列は成功にしても、このままじゃ実験は失敗だ。この成功の理由が分からなくちゃ、もう一度うまくできるか分からない」

「それにしても、成功の道が開けたってことじゃないですかあ。この小屋で立派な野菜が作れるってことで」

「まあ、そうだけど……」

「そうだよ、ウォルフ様。成功の理由を探せばいい」

「これまでやったこと、みんな見直せばいいさ」

口々に言い募《つの》る仲間に、「そうだな」と兄は頷き返していた。

それから作業に戻る少年たちをしばらく見て、僕らは家の中に戻った。

兄が戻ってきたのは、もう早い秋の日没が過ぎてからだった。

階段の上で僕を抱いたベティーナが迎えて、

「何か分かりましたかあ？」

「いや、ダメだ」

急《せ》き込《こ》んだ問いかけに、兄は苦笑いのような顔で応えていた。

そのまま今日も、部屋に籠もってしまう。

「せっかくうまくいったのにい」

部屋に戻りながら、ベティーナはぷうと頬《ほお》を膨らませていた。

4 赤ん坊、話す

夜が更《ふ》けて、僕を寝かしつけたベティーナがそっと部屋を出ていく。

奥の自室の扉が閉まり、静まるのを待って、僕はもぞもぞと動き出した。

床に滑り下り、ドアへ向けて匍匐《ほふく》前進。布紐《ぬのひも》でのドアノブ操作は、前回よりうまくいった。

廊下へ出て、扉を二つ数える。その木の板の下からは、中の灯《あか》りが漏れ出ていた。

少し息を整えてから。僕はこつんと、ドア板に軽く頭を打ちつけた。

一呼吸、二呼吸。

ゆっくり扉が開かれる。

「…………」

立ち塞がる兄は、黙って僕を見下ろしていた。

驚いた様子もなく、まるでこの訪問を予想していたみたいに。

やがて身を屈《かが》めて、よいしょと僕を抱き上げる。

扉を閉じて、ゆっくり僕をベッドの上に座らせる。

それから、いつもの自分の位置なのだろう、机の前の椅子に腰かけて、ふうう、と長く息を吐き出していた。

「どうにも信じられない……自分でも馬鹿かと思ってしまうんだけど」

独り言のような呟《つぶや》きを漏らして、僕に向き直る。

「もしかして、本当に……お前もしかして、俺が話していること、理解しているのか？」

黙って、そのまま兄から視線を離さない。

「何にしたって、信じられないことばかり、なんだ。もうどんな奇跡でも信じて、すがりたい気分なんだが。今日のおかしな出来事も、もしかしてお前、何か分かっているのか？」

ゆっくり。

しばらく間を置いて。

ゆっくり、僕は頷《うなず》いた。

はああーーー
と、兄は長々とした息を吐き出した。

「教えてくれよ。何なんだ？　今日の出来事、あの野菜、不思議な光とか」

「……カゴ」

やっぱり、うまく口は動かない。

だからどうしても、短い言葉だけになる。

それでも。

僕の意味ある言葉を誰かが聞くのは初めて、だ。

目を丸くして、兄は数秒黙り込んだ。

もごもごと口を動かし、何を問い返したらいいか分からない、といった顔で何度も瞬《まばた》きをし。

「カゴ？　って、あの加護か？」

「『ひかり』のカゴ」

「『光』？　――って、お前の加護が『光』？」

「ん」

「お前の加護の『光』が、あの小屋の中を照らしてた？　いや、ないだろ、それ。お前があそこにいないのに」

「できりゅ」

「え？」

「しゅこしはなれても……」

加護の『光』は、自分を離れた頭上からでも照らせるのだ。

その例を、兄も頭に描《えが》いたのだろう。

少し考え、しかしすぐに首を振る。

「それは自分のすぐ頭の上とかだろう？　そんな離れたら――」

「どれだけ……ならできりゅ？」

「え？」

「どれだけ……ならできない？」

「……いや、分からない。って言うか、知らない？」

だと思う。

どれだけ離れたらできるのか、できないのか。

実験した人がいるのかどうかも、知らない。

おそらくたいていの人は、確かめる気も起こしていないと思う。

自分がいない場所に光を作る必要を感じた人も、滅多《めった》にいないだろう。

でも、やったらできてしまった。

三日前、あの小屋を出るとき、試しに室内に『光』を灯《とも》してみた。

どれだけ離れて大丈夫かと、何度か振り向いてみたけど、裏口に入るまで、壁の隙間に光は残っていた。

部屋に戻って窓から見たら、やっぱり光はあった。

窓から見て小屋はすぐ近く、僕の部屋の奥行きより少しあるか程度の距離だ。

それで大丈夫なら、少なくとも昼間は灯し続けることができる。

僕はたいていの時間自分の部屋にいるし、ぼんやり灯すだけならほとんど無意識に続けていられる。

僕が部屋で起きている合計時間、本来なら昼間の日照がある時間近くまで灯し続けられたら、実験として十分だろう。

それを三日間。

結局、実験は成功したことになる。

「しかし――」兄はもう一度、呻《うめ》き声《ごえ》を取り戻した。「そんな離れて光らせるの、できるの、お前だけかもしれないじゃないか」

「しょれ……もんだい……じゃない」

「え？」

「カゴ、やくたつ、だいじ」

またひとしきり、兄は口もごもごをくり返した。

しばらく、ややしばらく、考え。

「そうか……」

「ん」

「離れる必要、ないんだ。これを実際やるなら、村の誰か何人かに担当させる。『光』の加護は何人も、何十人もいる。交替で畑の近くにいるようにすればいい」

「ん」

「問題はただ、他の人の『光』加護でもうまくいくか、だけ？」

「ん」

「それならただ、一人連れてきて実験すればいい。日光じゃなきゃダメだと思っていたのが、加護の『光』でうまくいった。むしろ日光よりよっぽど早く、いい結果が出た。そこが大事なんだものな」

「ん」

「うまくいきそう、じゃないか！」

椅子の上で、兄はぐっと拳《こぶし》を握った。

そんな兄に。

今日いちばん伝えたかったことを、どう伝えるか、僕はひとしきり頭に巡らせた。

「くろあおそう……」

「うん？」

「……かあ、ちゃ……に」

「母上？」

「ん」

「母上に食べさせる？」

「ん」

「それはいいけど、何《なん》でだ？」

「……きく」

「きく？　……えーと、何だ？　病に？」

「ん」

「聞いたことないぞ、そんなの。母上みたいな病にクロアオソウなんて」

「んーー」

「何でそんなこと、お前知ってる？」

「ん……」

説明の言葉が出ず、僕はぱたぱたと両手を振り動かした。

慌てた様子で、兄は顔を寄せてきた。

「落ち着け。いや大丈夫、ちゃんと聞くから。疑ってるわけじゃないから」

「……ん」

「だけどほら、病に効くなんて、ちゃんと裏づけ？　必要だろ」

「ん」

「誰かに聞いたとかか？」

「んん」

小さく首を振って。しばらく考えて。

僕は両手を前に差し出した。

「ちゅれてって……ぶどへや」

「ぶど？　ああ、武道部屋か、下の？」

「ん」

「分かった、行こう」

すぐに僕を抱き上げ、兄はもう一方の手でランプを持ち上げた。


階下に降りて、武道部屋の手前奥、先生席の後ろの本棚を探る。

手書きの植物図鑑。

「お祖父様《じいさま》が書いたものって言ってたな、これ」

兄の記憶が正しければ、先代領主が領地内の植物を調べて記録したもの、ということになるようだ。

開き、『クロアオソウ』の記述を当たる。

その下、『効能』と書かれた部分。指で辿《たど》っていく。

「『めまい』とあるな。しかしこれが、母上の病？」

「ヒンケツ」

「何だ？」

「……チがたりない……」

「そんな病のことか。確かに母上がそんなのらしいな」

「しょうじょう……めまい」

「んーーまあ分かった。母上の病の症状で多いのがめまいで、それに効くってことだな」

「……ん」

「分かった。お祖父様の保証があるなら、母上も他の人も、信じるだろう」

「ん」

正確には。

クロアオソウの見た目から、ホウレンソウ、コマツナ、と『記憶』が連想した。

それらの野菜は『鉄分』を多く含み、貧血に効くらしい。

その知識に加えて、この図鑑の記述を見つけて確信に近づけた、ということだ。

そこまでは、兄に説明できないけど。

階段を昇りながら、ショボショボの目を擦《こす》る僕に、兄は笑いかけてきた。

「まだまだ訊《き》きたいことがあるけど、今日はもう限界だな。また明日以降、相談に乗ってくれ」

「……ん」

「今日は助かった。ありがとうな」

「ん……」


自分の部屋で、ベッドに寝かせてもらう。

そっと頭を撫《な》でてくれる感触は、何故《なぜ》か前に感じたことがある気がした。

そんなぎこちない奉仕も、僕の内でもう夢うつつの中に遠のいていった。


さんざん、迷ったけど。

結局、思い切るしかなかった。

僕の目指すところ——領民と母を救いたい。

その実現のためには、兄の力と僕の知識を合わせることが、必要だ。

兄を信じて、腹を割ろうと心を決めた。

不安で、不安で、仕方なかった。

もしかすると、自分が化け物とか、異端者《いたんしゃ》とか、糾弾《きゅうだん》されるのではないか、と。

恐ろしくて仕方なかったけれど。兄を信じようと、決めた。

それが、受け入れられた。

ここ数日でいちばん、しばらく得られなかった、熟睡に、僕は落ちていた。

翌日。

いつものように午前の勉強時間に参加しながら、僕は何とか兄と二人になれる機会を窺《うかが》っていた。

早いうちに兄と話を通しておきたいこと、確認したいことがたくさんあるのだ。

当然兄の方でもその必要は感じているはずで、少なくとも午後にはそういう時間を作ってくれるのではないかと期待していた。

しかし、昼食の直後、思いがけない出来事があった。

僕を抱いたベティーナが玄関ホールを歩き回っていると、外から駆け込んできたランセルが奥に向けて呼びかけていた。

「ヘンリックさん、大変だ！」

「どうしました？」

すぐに執事が出てきて、問い返す。

まだ食堂にいた兄も、何事かと顔を出してきた。

「何やら豪勢な馬車がここの前を通り過ぎて、村の手前で止まっています。何人か出てきて、村の中を観察してるみたいな」

「何ですって？」ヘンリックは、眉を寄せて唸《うな》った。「堂々とここを通っていく豪勢な馬車というなら、野盗の類《たぐ》いでもないでしょうが……」

「警戒する必要はないか？」

「自分が見て参ります。ウォルフ様はランセルを傍《そば》に置いてここを守っていていただけますか」

「分かった」

コートを羽織ってヘンリックが出ようとしているところへ、外を見ていたランセルがまた呼びかけてきた。

「馬車が向きを変えて、この屋敷へ向かってきているという」

急ぎヘンリックが出ていくと、もう門に入ってきた馬車が、玄関前に止まった。

「これは、ディミタル男爵閣下《だんしゃくかっか》」

「久しいな、ヘンリック」

降りてきた豪奢《ごうしゃ》な身なりの太った男は、親しげに笑いかけてきた。

「本日こちらにお見えになるとは、伺っておりませんでしたが」

「領地に帰る途中で、寄り道して来ただけだ」

「主《あるじ》の留守中、連絡なしにお越しいただいても、おもてなしもできませぬ」

「ベルシュマン殿と私《わたし》の仲だ、気にするな。茶でも馳走《ちそう》してくれぬか」

「は。とりあえずこちらへお願いいたします」

恰幅《かっぷく》のいい主人と付き添いの二人を、奥の応接室に案内していく。

母が臥《ふ》せっているため兄が当主代理で応対することになり、ヘンリックが傍につく。

イズベルガが茶の準備をして、ベティーナは僕と共に部屋に控えているように命じられた。

そのため、僕もその後のやりとりを聞くことはできない。

ベティーナも落ち着かないようで、僕を抱いて何度も廊下を歩いたり、階下を覗《のぞ》いたりしていた。


一刻（三十分）あまりの滞在で、かの男爵は退出していった。

見送ったヘンリックと兄が戻ってくるところへ、ベティーナも降りていく。

「いったい何だったのだ、あれは？　貴族的上品な会話というのか、表現が遠回しすぎて俺にはさっぱり言いたいことが理解できなかったぞ」

「正直に申しますと、私もです。遠回しに表現されているというより、もともと中身のない話をされているとしか」

「何なんだ」

疲れたように兄が食堂の椅子に座り込み、執事は傍《かたわ》らに立つ。

何となくの流れで、料理人夫妻も子守りも、そこに遠巻きに居合わせる形になった。

「そもそも貴族同士で、こんな突然領地に押しかけるなど、無礼極《ぶれいきわ》まりない話じゃないのか？　もしかしてうちは、あの男爵に舐《な》められているのか？」

「不本意ながら、そう考えてそれほどまちがいではないのではないかと」

「何だというのだ、本当に」

「あの様子からしまして、この屋敷を訪問するのが目的ではなかったのではないかと思います。領地内を観察するとか、調べたい目的があったのかもしれません」

「その……」と、ランセルが声を入れた。「村の方に訊きに行ったのすが、あちらについてきた何人かが、村の中を歩き回ったり、様子を訊いてきたりしていたよう、す。どうも、畑や防護柵の様子を見たり、今年の収穫や野ウサギ被害のことを訊いてきた、と」

「それが目的か？」兄が顔をしかめた。「しかしそんな調査活動っての、ふつうはもっとこっそりと、当家には知られないように行うものじゃないのか？　その意味でももしかして、舐められているということか」

「否定できませぬな」

その後ヘンリックは母に報告に行き、兄は不機嫌な顔のまま外に出ていった。

執事に言い含められて、ベティーナは僕と部屋に籠《こ》もることになった。

この余波で落ち着かないまま、その日は兄と話をする機会も持てず、就寝することになった。

さらに翌日。

いつものように朝食の後、ベティーナの腕を摑《つか》むと。

思いがけず、きょとんとした目を返された。

「えと……あ、そうか。今日はお兄様の勉強、ないないですよ。土の日ですから」

意味が分からず、こちらもきょとんと見返してしまう。

まあもちろん、もともとそんな説明が赤ん坊に理解されるはずもないのだから、何であれきょとんで違和感ないはずなのだけれど。

「ここのところずっと、午前中はお勉強でしたものねえ。今日はどうしましょうね。お勉強ごっこだけでもします？」

笑いながら僕を抱き上げ、歌うように問いかけてくる。

もちろんそんな問い、応えられるはずもなく、ベティーナも答えを求めてはいないだろうけど。

鼻歌を奏《かな》でてぽんぽん背中を叩《たた》きながら、ひとしきりベティーナは部屋の中を歩いて回った。

そうしているうち、いきなりドアが開いた。

「いるか？」

「あ、え？　ウォルフ様？　どうされました？」

「今日は俺がルートの相手をする。ベティーナは休んでていいぞ」

「え、え？」

「俺の部屋で遊ぶ。お前は来るな」

そう言って、半《なか》ば強引にベティーナの腕から僕を取り上げてしまう。

目をまん丸にしながらも、ベティーナは当然逆らうことはしなかった。

まあ、休みの日に兄が弟の相手をするということ、おそらく貴族の家でも別に異常なわけではないのだろう。

ただ、数日前までと比べて兄の態度が変わりすぎ、というだけだ。

「えーとじゃあ、わたしはずっとこの部屋にいますので、何かあったら呼んでくださいね」

「休んで勝手しててもいいぞ。土の日は王都なんかでも勤め人が一斉に休む日だ」

「でも、そういうわけにもいきませんよお。だってたとえば、ウォルフ様、ルート様のおむつ換えなんかできませんよね」

「む……」

「最近はルート様、お漏らしの前に教えてくれるので、そこのオマルでしていただいているんです。その気配が見えたら、早めに連れてきていただければ」

「む、分かった」

ちら、と兄に顔を覗かれて、僕は小さく頷きを返した。

今となってはそういう場合、ベティーナ以上に兄の方が意思を伝えやすい。

兄に抱かれて部屋を出る。

振り返ると、さっそくベティーナは定位置の椅子で編み物道具を取り上げていた。

いつもだいたい僕をベッドに寝せて、傍で縫い物や編み物をしているのだから、この日の予定もほとんど変わらないということになるのだろう。


兄の部屋に入り、ベッドの上に座って、ようやく僕は自分に口を開くことを許した。

「ツチノヒ……なに？」

「お前……」きょとんと、兄は目を丸くした。「すごく賢いみたいで、そんな常識ないわけか？」

「ない」

もともと次に兄と二人になったときの予定、こういう常識のすり合わせが最優先、と思っていた。

まず僕という存在がどういうものであるか、兄に理解してもらってからでないと、話が進まないと思うのだ。

相変わらず赤ん坊の口はうまく回らない。それに加えて、僕のこの世界での言語知識も、まだまだ不十分なのだ。

かなり苦労しながら、たどたどしく説明を試みた。

兄の方も少なからずいらいらするところはあっただろうが、辛抱強く聞いてくれた。

二十日ほど前に、突然今のような意識を持っていることに気づいた、ということ。

判断力、理解力は赤ん坊離れしているらしい。

使用人たちの会話を聞いて、ある程度聞く話すができるようになった。

一昨日《おととい》のクロアオソウに関することのように、何か突然ぽやんとした知識のようなものが頭に浮かぶことがある。

それ以外はまったく無知。この世の常識などの知識はそのまま赤ん坊並みと思ってほしい。

聞いて、「なるほどな」と兄は重々しく頷いた。


「理解はできないが、理解した」

「ん」

「何でお前みたいなのが生まれたのか、分からないけどな。弟がこんなで、俺はメチャメチャ嬉《うれ》しい。今後も大いに助かりそうだ。それを喜ぶだけでいいんだろうな、きっと」

「ん」

「だいたいお前、たぶんきっと、俺より頭いいよな」

「……ふめい」

「その辺期待して、助けてもらいたいと思う」

「ん」

それにしても、まずはっきりさせておきたいことがある。

「ぼく、のこと、ひみちゅ」

「みんなに秘密にしておきたいのか？」

「ん」

「どうしてだ？　天才赤ん坊現るって言って、みんなに尊敬されるぞ。父上や母上もきっと、誇りに思ってくれるぞ」

「ほか、しれたら、どうなりゅ？　おうととか」

「王都か……」うーん、と兄は腕を組んだ。「教会が知ったら『神の奇跡』とか祀《まつ》られる？　王宮なら、将来有望で囲い込み……他の貴族にも狙われる、とか……」

「やら」

「……そうか。まあ俺としても、王宮に盗《と》られるとか困る。うちの領地の立て直しのために、協力してもらいたいわけだからな」

「ん」

もとより、そのつもり。

領民と母のため、しかもそのデッドラインが間近、という理由がなければ、兄にも正体を明かすつもりはなかったのだ。

「にいちゃ、いがい、ひみちゅ」

「まあ、秘密は、知る者が少ないほどいいって言うからなあ」

「ん」

「だけど、いいのか？　一昨日のクロアオソウのこととか、人に広めなければ意味がないわけだが、全部俺の功績になってしまうぞ」

「いい」

「俺としては、心苦しいって言うか、後ろめたいって言うか、落ち着かない気分なんだが」

「じきりょうしゅ」

「あ、ん？」

「ちゅとめ」

「次期領主……上に立つ者の務めってか」

「ん」

「分からないでもない……って、何だかうまく言いくるめられてる気がするんだが。お前実は、ややこしいところ俺に任せて、陰で楽していようとか思ってないか？」

「せいかい」

「このヤロ」

苦笑して、兄はぐしぐしと僕の頭を撫でた。

まだ髪が生え揃ってないのだから、お手柔らかにしてほしい。

「まあ仕方ない。ってこれ、お前がまだ赤ん坊だからってことだからな。もう少し大きくなったら、相応の責任持ってもらうぞ」
「……しかたらい」
「それと、当面はそれで行くけど、何かまずい事態とか、どうかなったら、まず父上に打ち明けるからな」
「ん、いい」
「ということにするが……あと、確認することはなかったかな」

5 赤ん坊、常識を知る

一度天井を見上げてから、兄はこちらを見直した。

「ああ、クロアオソウのことだが、昨日、アヒムやリヌスと話してきた。奴《やつ》らには、一昨日《おととい》の光は屋敷の誰かのお節介と話してある。その上で加護のことを話して、リヌスの加護が『光』だから、改めて実験をすることにした。あいつ、大喜びで昨日から小屋に籠《こ》もって『光』を試している」

「ん」

「これでうまくいったら、俺たち三人の実験結果ということで村全体に広めて、この冬の食料に役立てることにする。もともと種まきから収穫までひと月かからない便利な野菜だから、何度か収穫までいける期待が持てる。収穫後の日持ちがしないのが欠点なんだが、冬の食糧不足事情だと関係ないからな」

「ん。いい、おもう」

「それにしてもほんと、『光』加護がこんなことに役立つなんて誰も思わないからな、俺もあの二人も驚くばっかりだ。リヌスなんか、役立たずの『光』の名誉挽回《めいよばんかい》とばかり、今日も朝から大張り切りだ」

「やくたたじゅ？」

「ああ、お前は知らなかったか」

「カゴ……おしえて」

「そうか、そこからか」

何しろこちとら、ベティーナの独り言みたいな話から知識を得ただけ。

あとは自分で勝手に『光』の使い方を工夫している、というだけなのだ。


兄の説明も、基本はベティーナの話と同じだった。

この世の人間は誰もが生まれつき、『火』『水』『風』『光』の四種類のうち一つの加護を授かる。

一歳を過ぎて、教会で適性を見てもらってから使えるようになる。

それぞれの強さや量みたいな目安も、ベティーナが話していた通りらしい。

『水』なら、一日コップ半分程度。他も似たようなもの。

個人ごとの差は、それこそ誤差程度にしか認識されていない。

身体や精神を鍛《きた》えて強さを高められるのではないかという都市伝説はあり、チャレンジする者は跡を絶たないが、効果のほどは確かめられていない。

一度に使いすぎると動けなくなる寸前まで疲れるのは、まちがいないところだ。

……という、などなど。

それにしても、さっき出た『役立たず』という表現が気にかかるのだが。

問うと、兄は軽く顔をしかめた。

「気を悪くするなよ？　みんなの感覚だと、四種類のうち『光』は一段下、という受け止めなんだ」

「そう、らの？」

聞いてみると。

『火』や『水』は、当然生活に役立つ。特に『火』は炊事場などでの点火役として欠かせない。

『風』もいらないものを吹き飛ばしたり、虫や小動物を追い払ったりに重宝する。

一方で『光』は、暗いところを照らす役にしか立たない。

それだけでも便利じゃないか、と言うなかれ。

この世界、特に農民の生活は、シンプルなのだ。

朝は日が出たら起きる、夜は日が落ちたら寝る、それだけ。

暗いところ、というものができる場面がほとんどない。

もしそういう場面になったとき『あったら便利だね』という程度の受け止めだという。

なるほど、と不承不承《ふしょうぶしょう》ながら、頷《うなず》いてしまう。

「それに加えて、なんだけどな。たぶん騎士の常識みたいなのが、一般民衆にも影響しているんじゃないかと思う」

「え」

騎士たちが武芸を身に付け、誇る際。

一般には『風』をうまく使う者が最も評価されるらしい。

弓矢の威力や精度を高められることはもちろん、剣でもうまく使えば強さや鋭さ、いわゆる剣筋の確かさ、などに活《い》かすことができる。

これらをしっかり極めた剣技は、名人芸とばかり高い評価を得る、らしい。

『火』や『水』も、戦闘の中では重宝される。

『火』を吹きかけて相手の動きを妨げる。うまくすれば火傷《やけど》など、損傷を与えられる場合もある。

『水』を浴びせて相手の動きを妨げる。相手の動きを読んで効果的に逸《そ》らすことに秀でれば、試合巧者と評価される。

ただしこれらは、確かに戦術としてはアリだが、純粋な剣技だけに比べるとやや外連味《けれんみ》を持つ感じに捉えられる。

聞いて、思わず僕は内心ツッコミを入れてしまった。

——それって、ただ『風』が目で見にくいっていうだけの違いじゃね？

これらに比べて。

確かに戦闘で『光』も使うことはできる。

要するに、剣で切り結ぶ最中での『目くらまし』として。

これが、騎士にとっては『火』や『水』以上に外連味、はっきり言えば『誤魔化《ごまか》し』のような受け止めになるらしいのだ。

——『光』が物理的効果を与えない、からか？

「——という、まあいろいろ言いたいことはあるかもしれないけど、そういう常識になっているわけだな」

「……はあ」

確かに、分からないでもない。

純粋な剣技を尊《とおと》ぶ気高《けだか》い騎士という人種が、こういう評価をすることも。

尊敬される騎士の価値基準が、一般民衆にも影響することも。

「だからつまり今回の件は、少なくとも農民の中では『光』の価値を変える大きなきっかけになるかもしれないわけだ」

「なりゅ、ほろ」

その希望を抱いて、悲観論者のリヌスも持論を一転させたということのようだ。

そう聞くと、クロアオソウ栽培を軌道に乗せることに加えて、『光』民の応援としても、リヌスには頑張ってもらいたい、という気が募ってくる。

まあ何より重要なのは領民の食糧事情改善なわけで、まだまだ問題が山積しているはずだ。

その点を論じるためにも、まず僕には情報が必要なわけで。

焦らず、一歩ずつ。

まずこの国全体に関することから、説明を受けることにした。

「何も知らないって言ったよな、お前。この国の国名も？」

「しらない」

「……そこからか」

相手が生後六ヶ月だということ、再認識してもらいたいものだ、と思う。

秘《ひそ》かながらこれ見よがしに溜息《ためいき》をついて、兄は講義を始めてくれた。

この国の名は、グートハイル王国。

元首たる現国王は、シュヴァルツコップ三世。当年三十七歳。

国土は東西に長い大陸の中央付近にあり、南は海に面している。

国の中央部に王都と王領が集中し、その他は爵領となっている。

爵位は高位から順に、公爵、侯爵、伯爵、子爵、男爵。

すでに知っているように、我が家の名は、ベルシュマン男爵。爵位の中では最下位だ。予想してたけど。

ただ、数ある男爵の中には領地を持たず王宮などで仕《つか》えるだけの者もいるので、それよりは上位ということになるのか。

なお厳密な意味で貴族と呼ばれる階級はこれらの爵位を持つものだが、貴族の子弟出身で騎士団員や貴族の使用人などの職に就《つ》いている者も多い。ヘンリックやベッセル先生がこれに当たる。

ベルシュマン男爵領は、国土の中ではただ一つ北に突出した、北西の端。

北と西はずっと先が隣国ということになるが、その間に大規模な山脈が貫《つらぬ》いていて、ほぼ人間の通行は不可能。国境から攻められるなどの心配もないが、交易などの利点もない。

南東は大きな森を挟んでディミタル男爵領と接している。

南は大きな湖の間を縫ってロルツィング侯爵領を経《へ》た後、王都に通じている。

領としては、かなり小さい。正方形が少し丸みを帯びたような形で、南北、東西、それぞれ人が歩いて二刻（一時間）ほどの距離だ。

人口は二百人あまり。

主産業は農業。わずかに、林業や猟師と兼業。

主要農産物、白小麦、黒小麦、クロアオソウ、ゴロイモ。

これくらいが、公式な情報。

あとは、言わばぶっちゃけ話、ということになる。

ベルシュマン男爵領、人口二百人あまり、主産業は農業。

ぶっちゃけ、税の上がりだけで運営できるはずもない。

くり返しになるが——主要農産物、白小麦、黒小麦、クロアオソウ、ゴロイモ。

このうちまともに他で売り物になるのは、白小麦のみ。これだけを作り続けることができればまだいいのだが、連作ができないので毎年農地の三分の一ほどで栽培し、残りを他の作物に当て、年ごとに回しているらしい。

収穫の現実と関係なく農地面積で国税が課せられているので、毎年の白小麦全量を税としてぎりぎりという現状。

ふつう、爵領での領主の役割は、領民から徴収した税を国に上げる分と自分の取り分に分けることだが。うちの場合は結果的に、収穫した白小麦をそのまますべて国庫に納める、ということになっている。この過程で、領主の取り分ゼロ。

残ったほぼ売り物にならない作物から領税として納めてもらうが、領民の食糧事情を考えてのこととなるので、ほとんど慰め程度の量としかなっていない。

では男爵家の生活費などはどうなっているかというと、男爵本人が王宮で就いている仕事の、言わばサラリーがすべてだ。

——貴族家だと思っていた家の実体がサラリーマン家庭だったという、この衝撃！

兄もその辺くわしくないようだが、王宮ではナントカ公爵たる宰相の下で、事務担当のようなことをしている模様。

人後に落ちない愛妻家の父としては好きで領地を離れたくはないのだが、背に腹は代えられない。泣く泣く、月に一度帰ってこられるかどうかの単身赴任に甘んじている現状だという。


閑話休題《それはさておき》。

それに加えて、ここのところ三年ほど不作が続いている。

最初の年は、それでも国が状況を考慮して税率軽減してくれたため、ぎりぎり収穫した白小麦全量で何とか足りた。

しかし昨年と今年は、税率軽減されても白小麦だけでは不足。

国税は現金か白小麦かしか認められていない。領内の他の収穫物は、ほぼ売り物にならない。ということで、税の不足分は領主たる男爵が別途用意した現金で納める、という結果になった。

別途用意した現金――つまりは借金だ。

三年連続の不作は、領主の経営能力不足、という評価にもなっている。

有《あ》り体《てい》に言って、「もっと冷害に強い作物や売り物になる作物を作らせればいいじゃないか」ということだ。

しかしこれが、無理筋なのだ。

この世界、先に挙《あ》げたうちの主要農産物以上に寒冷地向けの作物など存在しないのだ。いや、本当にないのかどうかは不明だが、男爵が血眼《ちまなこ》になっていろいろな資料を調べても、未《いま》だ見つからない。そもそも自領以上の寒冷地は他にないのだから、他に研究者がいることはほとんど望めない。だいたい、黒小麦やゴロイモなど、農家が作りたくて作っているものではない。これ以外作るものがないというのと、作る気がなくてもその土地に生えてきてしまう、というものだそうだ。白小麦は全国的な主産物だが、北へ行くほど収穫率は悪化する。それと共に、何故《なぜ》かいつの間にか別種の小麦が紛れ込む率が高くなる。それが、黒小麦だ。

主食となる白小麦は、硬く焼いたパン、麺《めん》類、汁物に入れる団子《だんご》、などとして使われる。黒小麦でも、同じ使い方はできる。しかし、不味《まず》い。パンは白小麦のものよりさらに硬くなるし、麺や団子では感触ぼそぼそ、さらに独特の匂いが残る。そういうものだから、他領や王都ではまず売り物にならない。

しかしそれでも、食べること自体はできる。というより、うちの領の農民にとって、他に食べるものがないのだから、食べる。

秋に収穫して冬を越した頃になると、ますます硬さも風味の悪さも増大する。それでも、食べるしかないのだから、食べる。それがうちの領の実態だ。

ちなみに、僕が初めてキッチンで見た、黒ずんで硬く見えるパン、それがこの黒小麦製のものだ。当然ながら、領主邸でもこれしか食べるものがないのだ。まだ乳離れしていない僕は、今のところこれを口にする栄誉《えいよ》に浴《よく》していないわけだけど。

兄の説明を聞くうち、僕はだんだん自分の視線が落ちていくのを自覚した。

最終的には、自分の両膝に肘をついて頭を抱えるという、愛らしい赤子としてあるまじき姿勢に固まっていた。

「……まじ、しゅか」

「マジだ」

まあ、先に『領民が餓死寸前』という情報を得ていたわけだから、それを上回る衝撃、というほどではない。

しかしある意味、問題の深みは増している、とも言える。

この冬を越えたらすべて問題解決、というわけじゃないのだ。


「しゃっきん？」

「父上は正確なところを教えてくれないんだがな。並大抵の額ではないと思う。ここ数年の税不足の穴埋めに加えて、かなり前から領内の公共整備のようなものはすべて、男爵家の持ち出しで行っているみたいなんだから」

「わ……」

「たとえば今年の春には、野ウサギの害を防ぐために森の前に防護柵を作っている。これも全額我が家の負担だ」

「わ……お」

「しかもさらにそれ、この秋にはますますの野ウサギの増加と進化か何かのせいらしく、たびたび柵を越える個体も見られるようになっている」

「はあ……」

ますます、頭を抱えるしかない。

「でかせぎ……」

「うん？　ああ、うちの領民が雇ってもらえないってやつか。それが？」

「げんいん」

「うん」

「けんと、ちゅかない？」

「ああ……」

何か渋いものでも食べたような顔で、兄は首を振った。

「父上は何も教えてくれないんだけど、騎士合宿で聞いた噂《うわさ》レベルでな」

「ん」

「父上が借金している相手の一人が、どうも、ディミタル男爵らしい」

「えと……きのうの？」

「うん、東の森の向こうが領地だな。その相手に父上は、かなり厳しい条件をつけられているっていうんだ」

「ん」

「来年秋までにある程度返済できなければ、利息代わりに、東の森全体を含む土地と、領地の徴税《ちょうぜい》権《けん》の一部を譲らなくちゃならないらしい」

「え……」

「とんでもないだろう？」

「ん。……れも、ちょうぜいけん？」

「ああ。まあうちの場合実質領税はとれていないんだから、何のうまみがあるかって話だけどな。だけどもしもそうなったら、領主の面目丸つぶれだ」

「だろ、ね」

「で、そのディミタル男爵、父上よりかなり社交上うまく立ち回るって評判で」

「あ……」

「うちの領民の出稼ぎ先あたりにも、けっこう顔が利《き》くらしい」

「う……」

「……とか、いろいろ想像はできてしまうんだけど、何も証拠のないことだからなあ」

「だ、ね」

「しかし昨日の態度を見たところじゃ、あの男爵、もうすっかりうちの領地をもらったつもりになっているんじゃないかって感じだな。来年になっても返済は無理だろうってことを、堂々と確かめに来たんじゃないのか」

「うう……」

「あんな無礼な真似《まね》されて、悔しい思いしかないんだが。勝手なことできないしな。その借金絡みで、父上も強いこと言えないのかもしれないし」

「ん……」

「悔しいが、とりあえずこっちで打つ手はなさそうだ」

そっちは考えても仕方ないのか、と思いながら、頭に描いた地図は、東の方を向いている。

どう考えても、東の森と野ウサギについては、避けられない問題だ。

「もり……」

「東の森か？」

「なに、いる？」

「何って、動物か？」

「ん」

「野ウサギの他に野ネズミ、危険のあるところじゃオオカミ、見たことはないけどクマもいるそうだ」

「オオカミ……」

「それがどうした？」

「たべりゅ？　ウサギ」

「あ？　ああ、オオカミはウサギを食べるだろうな」

「ウサギ、なぜ、ふえた？」

「それは、分からない」

「オオカミ、へった？」

「それは知らな……ああ、そういうことか」

「ん」

「ウサギを食べるオオカミが減ったら、ウサギは増える。そういう理屈だな」

「ん」

「確かに、森にいる動物でいちばん野ウサギを食べそうなのは、オオカミだものな。調べてみる必要はありそうだ」

うーん、と兄は腕組みで唸《うな》る。

「もう昼近いか」と呟《つぶや》いて、立ち上がり、窓に寄って木の板を開いた。

6 赤ん坊、狩りをする

「おーい、アヒムはいるかー」

呼びかけると、少し間を置いて、返事があった。

例の小屋に農作業に来ていたのだろう。

「はーーい」

「お前の親父《おやじ》さん、午後から手が空《あ》いてないか、訊《き》いてきてくれないか」

「はーい、分かりましたー」

頷《うなず》いて、兄は窓を閉める。

少し見当がついて、問いかける。

「りょうし？」

「ああ。アヒムの父親のディモは農家だが、若い頃からあの森で猟師もやってるんだ。俺が知ってる中では、いちばん森についてくわしい」

「もり、いく」

「行くって、お前が森にか？」

「ん」

「目で見て調べたい？」

「ん」

「しかしなあ、許可出るかなあ。母上は絶対反対すると思うぞ」

「そとでる、だけいう」

「外に出る許可だけ、か。うーむ――まあ今日は、最近にしちゃ天気がいいが……」

しばらく考えて、兄は何とか頷いてくれた。


あとは重い話題をやめにして、この世の常識の説明をいくつか受けた。

この部屋に来て最初の質問に戻って、曜日の確認から。

曜日の呼び方は、順に『風』『火』『水』『光』『空』『土』で、六日で一週間、五週で一月となっている。

あとは『一の月』から『十二の月』までで一年。一年が三百六十日ということになる。

季節はやはり地域によって多少異なるが、この領地ではおよそ、十一の月から三の月までが冬、四の月から五の月が春、六の月から八の月が夏、九の月から十の月が秋、という見当になる。

今日は『十の月の四の土の日』ということになるようだ。四回目の週の終わりだから、月の最初から数えて二十四日目、ということだ。

一日は四十八刻に分けられる。朝（午前）の一刻から始まって二刻、三刻、と数え、十二刻の次が昼（午後）の一刻で、太陽がいちばん高くなる時刻を指す。あとは同様に、昼の十二刻の次が夜の一刻、夜の十二刻の次が夜中の一刻、この瞬間日が変わるわけだ。

王都など教会のある地域では朝昼夜の一刻に鐘《かね》が鳴らされるが、この領地にはないので、領主邸の玄関前の日時計で時刻を見る。

今はだいたい、朝の十一刻を過ぎた見当だ。


毎日十二刻頃から昼食だ、と兄が説明しているところへ、ちょうどその報《しら》せらしく「ウォルフ様」とドア越しにウェスタの呼びかけ声が聞こえてきた。

「おう」と応えて、兄は僕を抱き上げ、廊下に顔を出した。

「ちょっとだけ待ってくれ。こいつを部屋に返してくる」

「かしこまりました」

頷いて、ウェスタは階段を降りていく。

すぐに兄は、僕の部屋のドアを開いた。

「午後からはこいつと外に遊びに行くぞ」

「え、え？」

「ヘンリックにも断りを入れておくから。こいつの支度、しておけ」

「そんな、いきなりぃ。村に行くんですか？」

「おう」

「ルート様を抱いてぇ？　危ないですよお」

「大丈夫だ」

「何があるか分からないんだから、せめて絶対ルート様を落とさないように、おんぶにしてください」

「おんぶう？」

「はい」

言ってベティーナは、僕を抱きとって兄の背中に摑《つか》まらせた。

それから足元の籠から取り出した妙な布の固まりを僕のお尻に当て、ついている紐《ひも》を兄の肩と腹に回して結んでいく。

どうも、おんぶ専用の道具らしい。

「妙に、準備がよすぎないか、お前？」

「そのうちわたしがルート様をおぶって外出することを考えて、用意していたんです」

「なるほど、な」

兄の顔がこれ以上なくしかめられているのは、見た目がまったく子守りの格好になっているせいだろう。

それに対して、僕は「きゃいきゃい」と小さな手で肩を叩《たた》いて、ご機嫌の様子を示した。

ますます、兄の顔はしかめられていた。

しかし、納得してもらうしかない。

もし森に行くとしたら、この装備が最善なのは、明らかなのだ。

昼食を終えて、僕は完全装備の厚着をさせられた。

例のおんぶ道具を手にしたベティーナに抱かれて階段を降りると、玄関先で待っていた兄は、毛皮の短いコート姿、腰と手に剣と弓矢を装備している。

「ずいぶん物騒な格好ですねえ」

「ディモと野ウサギ狩りの要領を相談するから、狩り道具を持っていく必要があるんだ」

「くれぐれも、ルート様に気をつけてくださいよお」

「分かっている。当然だ」

改めて、兄におんぶされる。

こうしていると、すぐ目の前に兄の耳が来る。こっそり内緒話には最高の格好ではないか。

ベティーナに見送られて門を出るや、兄は押し殺した呪詛《じゅそ》を漏らした。

「みんな、お前のせいだ」

「はは……」

子守りスタイルは、どうにも気に入らないらしい。

それでも拒否しないのは、どうしてもこの道行きに必要なものを感じているからだろう。

「ディモとアヒムが森の入口に待っていることになっている」

「りょうかい」

会話はその程度で、すぐ村の家並みに入るとそこここに人の姿が見えて、僕の声を聞かせるわけにはいかなくなっていた。

村人は皆、領主の息子兄弟とすぐ気がついて、会釈をしてくれる。

小さな子どもが手を振ったり親しく話しかけてくるところ、兄が好かれていることがよく分かる。

「ウォルフ様、弟様？」

「おお、弟のルートルフだ。よろしく頼む」

「可愛《かわい》いーー」

きゃきゃと僕が手を振ってみせると、小さな女の子に狂喜された。

人生で数少ない、貴重なモテ期間かもしれない。

村里を縦断して、やがて右手に木の柵が見えてくる。

兄の説明によると、春に立てたという野ウサギの防護柵だ。

その柵の切れ目になっている地点に、男が二人立っていた。

見覚えのあるアヒムは背に背負子《しょいこ》と手に斧《おの》を、父親のディモらしい中年男は弓矢を装備している。

予想していなかったらしく、ディモとアヒムは僕を見て目を丸くした。

「社会勉強のために連れてきた」と、兄は苦しい説明をする。

考える間を置かず、兄がオオカミについて質問すると、ディモは腕組みで首を傾《かし》げた。

「オオカミですかあ。言われてみれば、あまり見かけなくなったかも。いやしかし、ここしばらくあまりに野ウサギが憎たらしく増えてるんで、そっちばかり気になってましたねえ」

「減っている可能性はあるってことだな」

「いやしかし、オオカミが減る理由はない気がしますさねえ」

「ただそのままじゃ、野ウサギが増える理由もないからなあ」

「そうさねえ」

やはり、実際見てみないと何とも言えない。

少し中に入ってみよう、と兄は森の方に向き直った。


木々の間を縫う山道に入ると、たちまち辺りは明るさを減らしていた。

「親父い、オオカミが出ても、大丈夫なもんか？」

「おう。ウサギより的が大きいさ。弓の餌食《えじき》だ」

「ルートルフ様をさ、危ない目に遭わせるわけにいかねえぞ」

「当たり前だ」

信用して、いいのだろうか。

親子の会話を聞きながら、とにかく僕は周囲の気配への注意を忘れないようにしよう、と思った。

周りの木々はすっかり葉を枯らし、進む足元に赤や茶の堆積物《たいせきぶつ》を敷き詰めている。

進むうち、

「わあ！」

悲鳴を上げるアヒムを振り返ると、すぐ横の茂みにがさ、と飛び込む小さな残影《ざんえい》があった。

「野ウサギだ。図々《ずうずう》しくこんな目の前を横切りやがって」

「数が増えて、本当に図々しくなりやがったさなあ」

息子の苦り顔に、父親も吐き捨てた。

気を取り直して進軍を再開。

やがて道は、二股《ふたまた》に分かれていた。

「こないだ来て、あっちの方、野ウサギが多いと思ったんだけど」

「そう。そんな見当さね」

ディモと言い交《か》わして、分かれ道の左側を兄は選択した。

しばらく進んで、

「いた」

ディモが囁《ささや》く。その視線を追うと、わずかな窪地《くぼち》を挟んだ先、枯れ葉の積もる中に茶色の小動物がうずくまって見えた。

野ウサギだ。

きょときょと頭を上下して、慌てるようでもなくこちらを見ている。

ウサギと呼ばれるわりに耳の長さは少し目立つ程度、大きさはへたすると僕に匹敵するかもしれない。

「さっきみたいに人の近くに現れるときは腹立つくらいすばしこいし、あいつらこっちの弓の加減知っていて、射程の外だとあんなにのんびりしてみせるさ。それでいて、もう少しでもこちらが近づいたら、あっという間に隠れちまう」

「本当に、腹立つさなあ」

父子が、囁き合っている。

「ゆみ、とどく？」と囁きかけると、兄は首を振った。

「俺の弓だと、距離を半分に縮めないと無理だ。ディモは？」

「俺だともっとだ。三分の一くらいじゃねえと」

「それ分かってて、あいつのんびりしてみせてるわけか」

二人の言い交わしに、アヒムが憤慨《ふんがい》の声を加えている。

「あ」とディモがすぐ、小さな声を続けた。「あっちにもいる」

指さす先は今の一羽より少し左、やっぱりこちらとは同じ程度の距離を置いて、黒ずんだ顔を揺らしている。

「その向こうにもいるな」

「ほんと腹立つさなあ」

目を凝らすと、最初の茶色の陰にもう一羽、あとの黒の陰に二羽程度見え隠れしているようだ。


父子が黒の方を睨《にら》みつけているのを確かめて、僕は囁いた。

「くぼち、はいれる？」

「入れそうだが、すぐあいつら、逃げちまうだろうな」

「あいじゅ、すぐはしって、ゆみ」

「え？」

茶色とその陰の白、位置を測《はか》り。

僕は手を差し伸ばした。

刹那《せつな》、二羽が相次いで躍《おど》り上がり、

「いま！」

肩を叩くと、ためらいなく兄は駆け出した。

瞬く間に距離の半分を詰めて、枯れ葉の上に丸まった茶と白に、引き絞った弓から連射。

どちらも命中して、二羽は悶絶《もんぜつ》した。

「え？」

「え？」

「え？」

背後の父子はもちろん、実際弓を引いた当人も、呆然《ぼうぜん》の声を漏らしている。

「当たったと？」

「ウォルフ様、すげえ！」

「あ、ああ」

続けざまの賛辞に、まだぼうっとした声を返し、二人とは距離ができているので安心して囁きを入れてくる。

「何だ、今の？」

「カゴの『ひかり』」

「え？」

「しぇちゅめい、あと」

「……ああ」

歩み寄っていくと、二羽の野ウサギは絶命していた。

両手に抱えて戻り、父子の手を借りて血抜きを行う。

「ほんとにすげえ、ウォルフ様、当たるなんて思わなかったさ」

「ウォルフ様、何やったんさ？」

「うん、その、『風』の加護の弓技だ。騎士の研修で鍛《きた》えた」

「へええ、すごいもんさねえ」

獲物はアヒムの背負子に収めて。

三人はまた、身を屈《かが》めて辺りを窺《うかが》った。


しばらくすると、また複数の気配が感じられてきた。

「右に三羽、左……も三羽、かな」

「ディモは左、頼む」

「は」

父子が左に目を向けた、隙に、僕は右に手を差し向ける。

次々、三羽が躍り上がり。

すかさず兄が走り出し、連射。

丸まる三羽に、すべて命中。

「わあ、また、ウォルフ様すげえ！」

そんな猟を続けて、二刻程度で兄は二十羽近くの野ウサギを仕留めていた。

アヒムの背負子だけで足りず、三人が両手にぶら下げて、ほぼ限界の数だ。

「いやあ、脱帽ですわ。ウォルフ様、騎士の技、本当に素晴らしい」

「すげえ、ただただ尊敬さ」

父子の称讃《しょうさん》に、兄はただ苦笑いになっていた。

「俺は二羽もらって帰るから、残りは村に配ってもらえるか？」

「おお、もったいねえ。いや、ありがてえ」

ディモはまるっきり拝《おが》むような格好になっている。


実際、村のみんなに獲物を配ると触れ回ると、拝むほどに喜ばれた。

年に何度あるかどうかの肉の配給なのだ。

「ありがてえ、ありがてえ」

「すごいよ、ウォルフ様」

口々に賛嘆《さんたん》されて、兄はすっかりくすぐったそうな顔を歪《ゆが》めている。

「雪が降る前にあと二三回は森に入れると思う。期待されすぎても困るが、この二三倍の量を冬の間保存して使えるように、みんなで算段してもらえるか？」

「分かりました」

「任せてくだせえ」

二百人以上の一冬分の量と考えるとほんの微々たるもののはずだが、村人たちはひれ伏さんばかりに感謝してくれていた。

屋敷に戻って二羽の獲物を見せると、料理人ランセルは踊り出さんばかりに感嘆し、執事のヘンリックまで日頃の冷静さを忘れた興奮を見せていたらしい。

僕を森に連れていったのではないかという疑惑を誰も気がつかないほど、それは驚嘆の出来事だったようだ。

野ウサギだけでなくクロアオソウも以前より楽に安定して収穫できるようになる、と兄が報告すると、母は泣き出しそうに感激していたという。

その日の惜しみなく肉と野菜を使った夕食では、「ウォルフの愛が籠《こ》もった味がする」と、いつもの小食さが嘘《うそ》のような勢いで笑顔を見せていたそうだ。

使用人一同も相伴《しょうばん》にあずかって、ほとんどお祭り騒ぎの様相だったとか。


この辺の経緯《けいい》が完全に伝聞になってしまったのには、わけがある。

僕は屋敷に着く前に兄の背で眠りに落ちて、その日の夜が更《ふ》けるまで目を醒《さ》まさなかったのだ。

とろり目を開くと、ランプの灯が横から射《さ》していた。

見ると、机に向かった少年の座り姿。

僕が寝ているのは、どうも兄のベッドらしい。

「お、目、醒ましたか」

「……ん」

「心配したんだぞ。夕方からずっと眠りっ放しだったんだから。大丈夫か、どこか辛《つら》くないか？」

「ん」

「みんなは、初めての遠出で疲れたんだろうって思ってくれたみたいだし、俺もそう思いたいんだけどさ」ずいと身を乗り出して、兄は僕の額に手を当てた。「まさかお前、加護の使いすぎで気を失った、とかじゃないだろうな」

「……ふめい」

「……まあ、そうだよな。自分じゃ分からないか」

椅子をベッド脇に寄せてきて、はあぁ、と兄は大きく息を吐《は》いた。

「いつもよりかなり早寝だから夜中に目を醒ますかもしれない、俺が面倒を見るって言って、こっちに寝かせたんだ」

「ん」

「話して、大丈夫かな」

「ん」

「とにかく訳分からなくて、焦ってるんだ。さっきの何だ？　あの、ウサギの動き止めたの」

「カゴの『ひかり』」

「いや、あのときもお前、そう言ってたけどさ。加護のであんな遠くの野ウサギを一瞬で止めちゃうようなこと、できるわけないだろう」

「できりゅ」

「はあ？　どうやって？」

「ひかり、ほそく、する」

「何？」

「ほそいと、つよくなる」

「そうなのか？」

「それに、ひかり、とおくとどく。まがりゃない」

「まあ、そこは、言われてみればそうか。火や水みたいに、強い風で吹き飛ばされるとか、ないものな」

「よわまりゃない」

「それも、そう、そんな感じだな」

前のめりになっていた上体を戻して、兄はもう一度大きく息をついた。

少し視線を天井に上げて、昼間の記憶を辿《たど》っているらしい。

「それにしてもあんな……あれ、ウサギ、ほとんど気絶していたよな。そんな威力出るものなのか。いや確かに実際ああなったんだから、まちがいないんだろうけど。この目で見ても、信じられないぞ」

まちがい、ないのだ。

光は大雑把《おおざっぱ》に言って、同じ光量でも細く集めれば、当たった点での威力が増す。

『記憶』が『レンズ』というイメージを伝えてきたけれど、やりようによって日光で火を点《つ》けられるらしい。

加護の『光』は元の光量に限りがあるが、使う側の操作でいくらでも細くできるのだ。

しかしこんなこと、この世界でも『記憶』の世界でも、ふつうには思いつかないと思う。

この世界ではまず、おそらく『レンズ』など存在しないだろうから、光を集めて火が点くほどに威力を増すなど、誰も考えない。

加護で部屋を広く照らすのとサーチライトふうに使うのとで、後者の方が明るいな、と思う程だ。

明るさは考えても、熱やそれ以上の物理的影響に思い至る知識はないと思う。

また『記憶』の世界では、光の威力を増す目的のためにはまず光源を強くする方に頭を向けるようで、弱い光を細くするなど、理屈が分かっていてもそうそう考えないようだ。

実際僕が加護の『光』を「このまま細くし続けていったらどうなるんだろう」と考えて『記憶』を求めてみても、すぐにはうまい返事が出てこなかったくらいだ。

時間をかけてようやく『レンズ』というイメージが返ってきたけど、それ以外に光を細くするなんていうような概念はないいんじゃないのだろうか。

加護で思い切り細くしていったら木を焦《こ》がすくらいになると分かったのは、何度かこっそり実験しての結果だ。

兄とは漠然と「ウサギを気絶させる」という感じで話をしているが、実際には目を狙ってしたことなので、あの野ウサギたちはおそらくみんな、片目失明している状態だと思う。

しかしそこまでくわしく、兄には伝えたくない。

何しろ――。

「でも、これ、ひみちゅ」

「秘密？　またか。いやでもこれ、大発見じゃないか。お前がやったということは知らせないにしても、うまくみんなに伝えたらすごいことになるぞ。『光』加護の奴《やっ》らを使って野ウサギを根こそぎ狩ることだって夢じゃない――」

「ひみちゅ」

「何でだよ」

「きけん」

「え？」

「ひと、ころせる」

「あ……」

危険すぎる、と思うのだ。

この世の人間の四分の一が持つふつうの能力で、離れた相手を簡単に気絶させることができる。失明させられる。

あるいはもっと細くすれば、動物の皮膚など貫通して即死させることさえ可能かもしれない。

それが、今日の野ウサギのようにかなり離れていても、相手がよほど警戒して完全防御していない限り、あっさり実現してしまう。

危険度は、そこらの武器などに比べても桁違《けたちが》いだ。

人口の四分の一を、そんな殺人集団にしてしまうかもしれない。

あまりに、恐ろしすぎるのだ。

騎士でも一般人でも、これまで『光』加護は肩身の狭い思いをしているという。

ここでこの効果を、たとえちょっとヒントだけでも伝えたら、喜び勇んで暴走を始める者が出てくることとさえ、十分に考えられる。

絶対、片鱗《へんりん》さえ広めてはいけない事案、だと思う。


今話した範囲だけでも、兄はその危険性を理解してくれたようだ。

「なるほどな。あれだけ離れた相手を気絶させて、あとはとどめを刺すだけにできるんだ。危険すぎるよな」

「ん」

「はああ、まあじゃあ秘密で仕方ないか。てことは、これからも野ウサギ狩りは今日の要領で、俺の弓技のお陰だということにするしかないわけか」

「ん」

「人任せにできない、お前と俺の二人でやるしかない、と」

「がんばって」

「体力担当は、俺だものなあ。しかしお前の方も、加護でどれだけ疲れるか気をつけていかないとダメだぞ」

「ん」

「雪の前にあと何回狩りができるか。百羽くらいも狩ることができれば、みんなの冬の備えにもなるし、来年の野ウサギ被害を減らすことにもなると思うんだが」

「……がんばろ」

「だな」


　翌日、午前中の勉強時間に兄が『光』加護の野菜栽培への利用について話をすると、ベッセル先生は目を丸くして驚いた。

「何だって？　加護にそんな効用があるのですか？」

「ええ。まだ確証できるほどじゃないんですが、今のリヌスによる実験で、かなり確実になると思います」

「それが本当なら、すごいことですよ。学術論文にして発表してもいいぐらいだ」

「この一冬分の経過を見て、本当にそれほど価値があるようなら、先生に論文をお願いしたいですね」

「おお。いや、うん。ウォルフ様と共著の論文ということで、乗せてもらえたら嬉《うれ》しいですね。初めてだから、生徒に著述の指導をするということで」

「僕の柄じゃないと思うんですけど。はい、その辺相談してということでお願いします」

　そのまま興奮の続く先生は、午後も帰らずに栽培小屋まで兄と一緒に赴《おもむ》いた。

　午前中から同席して話を聞き、大喜びのベティーナも僕を抱いてついていく。

　この日は空模様が狩り向きではないということで、兄と先生、アヒムとリヌスの四人で何だかんだと実験の方法の議論などをずっと続けていた。

次の日は快晴となったので、午後は狩りに出かけることにした。

前回のディモとアヒムに加えてもう一人同年代の少年を連れ、当然兄は僕をおぶった格好だ。

これまで思い知ったように、狩りは兄しかできない。

ディモは少年たちの目付役と道案内、あわよくば獲物を仕留められないかという弓矢持参。

前の反省から、野ウサギの収獲数は運べる人数次第ということが分かったので、少年一人の追加は運搬係としてだ。そのため、少年二人とディモはかなり大きめの背負子を持参している。

先日と同じ要領で、兄は次々と野ウサギに矢を射込《いこ》んでいった。

何しろ、野ウサギが今までの調子で矢の射程より距離をとってのうのうと姿を曝《さら》す限り、僕の『光』は当て放題なのだ。

気をつけなければいけないのは、同行している三人に『光』を当てている事実を知られないようにする、その一点だけなのだった。

これまでのように複数の野ウサギが姿を見せている限り、その辺は何とかしやすい。三人の目が向いていないターゲットを選んで、僕は兄に合図を出していく、その要領でことは進んでいった。

次々と仕留め、この日の獲物は五十羽を超えていた。

「すげえ、すげえ」と少年たちははしゃぎっ放しだ。

森を出て防護柵をくぐると、少年二人は全速力で村の中へ向けて駆け出していった。今日の猟果《りょうか》を、よほどみんなに自慢したいのだろう。

兄とディモは苦笑でそれを見送っている。

ちなみにこの日は、ディモは自力でも二羽を仕留めて、ますますご機嫌だった。


僕はというと、通りすがりの畑の様子に興味を惹《ひ》かれて、きょろきょろ見回していた。

畑の面積をかなり占《し》めているのは刈り取られた麦の跡らしい。残る畑地のうちけっこうな広さの分、まだやや枯れかかった程度の青い葉が見えている。

僕の見ている先に気がついたらしく、兄はディモに問いかけた。

「考えてみると俺、畑でどういうふうに作物が育てられているのか、くわしく見たことがないな。この辺は植えるものをどう分けているんだ？」

「刈った跡だけが残っているのが小麦ですさな。それが全体の三分の一ぐらいですか。残りの大部分がゴロイモで、これは放っておいても繁殖する分もあるんですわ。時期をずらしながらけっこう長いこと収穫できますんで、ほらそこに葉っぱが見えているみたいにまだ収穫せずに残っているのもあります。残りはクロアオソウなんかを短い期間で回してますさな」

「小麦は同じところで続けては採《と》れないんだったな」

「へえ。だから来年は、今空いているクロアオソウなんかを採った跡を使いますんで」

「ふうん。ああついでだ、収穫物を保管している蔵とか、見せてもらうことはできないか」

「いいですよ」

気軽に、ディモは請け負う。

収穫物を税として納める相手の息子なのだからふつうなら何もかも開示するのはためらわれると

ころだろうが、何も隠すものはないという正直さなのか。

出すものをすべて出した上で足りない分は領主が補塡《ほてん》、その上今は食糧不足のためにウサギ肉を提供してくれるという状況がすべて事実と相違ないなら、確かに隠すものはないという実状なのだろう。

少し畑の間を進んで、開いた倉庫はディモの家のものらしい。

「助かる。収穫されてそのままの作物って、あまり見たことがないんだ」

「お屋敷ではそうでしょうさな。こんなものでよろしければ」

収穫されてそのままというよりは、もう保管しやすくされているという格好なのだろう。

いくつかに分けられてそれぞれ藁《わら》の袋に入れられた状態だ。

その一つを、ディモは開いてみせる。

「これが黒小麦ですさな。こちらが粒のもの、そちらのは挽《ひ》いて粉にしてあります」

どちらも確かに白よりは色づいているが、黒というよりは茶色程度の見た目だ。

しかし確かに、白小麦を見慣れた目には食欲減退させる色合いに映りそうだ。

蔵の残りをかなり占有している袋には、ゴロイモがそれこそごろごろ入れられていた。

どの袋についても扱うディモの手つきがぞんざいに見えるのは、どれも売り物にならないという認識からだろう。

とは言え、すべて村人たちの貴重な食糧資源ではある。

その辺、当人たちにとっては複雑な思いが籠もっているのかもしれない、と思う。

「すまない」と兄が覗《のぞ》いていた袋から身を起こすと、やや無造作ながらすぐ袋の口は閉じられる。

「邪魔したな」

「こんなんでよければ、いつでもどうぞ。ウォルフ様の役に立つなら、何なりといたしますんで」

「ありがとう」

屋敷に持ち帰る獲物を両手に提《さ》げて、兄は帰途についた。


村の家並みを離れたところで、囁きかけてきた。

「何か、気になることはあったか」

「……いや」

「ふうむ」

何か引っかかるものがあるのだがそれが何か分からない、というのが正直なところだ。

今見てきた収穫物が、何か売り物になるか、もっと喜ばれて食料になるかすればいいのだが。

「黒小麦とゴロイモに狩ってきた野ウサギの肉、それにこれからうまく育てられたとしたらクロアオソウ、それがすべてだ。領民もうちの屋敷の者も、これで何とか冬を越さなければならない」

「ん」

「当初よりは野ウサギとクロアオソウの分が増えるということになりそうなんだが、これで果たして足りるか、だな」

「ん」

「どうした、また眠いのか？」

「や、だいじょぶ」

「そうか」

餓死さえしなければ、ということなら、これで何とか足りるのかもしれない。

しかし父の借金ということまで考えると、それだけでは不十分だ。

兄が噂《うわさ》で聞いたという「来年の収穫である程度返済」が必要だとするなら、今の持ち駒の価値を高めるか、来春から新しい栽培を一発勝負で試すかということになる。

いったい何ができるだろう。


帰宅後、兄に頼んで武道部屋に連れていってもらった。

何となく気にかかる例の『植物図鑑』を再読するのだ。

兄の膝に乗せられて、厚い本を机の上に開く。

基礎文字の中にときどき複雑文字が混じっているが、この本の分は兄が以前先生に教えてもらっているということで読んでくれて、僕の文字知識増にも役立ってくれる。

前領主が記録に残したという手書きの書、当地で栽培できる植物については一通り網羅《もうら》しているらしい。

手書きのスケッチは植物の特徴をよく捉えているようで、実際の判別に役に立つという。

今抱えている課題には、最も役立つ可能性を持っているとは思うのだが。

「俺も何度か読んだけど、だいたいは領民のみんなに常識になっていることなんだよなあ」

「ふうん」

村人たちも父も兄も、ここにある程度の知識は持ち合わせていて、それで考えた上で匙《さじ》を投げかけている領地の現状、ということになるのだ。

やはり、難題だ。

僕にとっては特に森で採れる果実の類《たぐ》いなどまだ知らないものも多く、そこそこ新鮮だ。それこそ村人たちにとってはすべて常識のうちらしいが。

指で辿っていると、また兄が覗き込んできた。

「ヤマリンゴは森でわりとよく採れて、母上が好きなんだ。野菜は農家のみんなが苦労して作ったものでもったいないと言って、食事でも野菜の代わりにリンゴを食べていることが多いみたい。酸っぱいんで俺は苦手なんだけど」

「へええ」

「今はお前の言うこと活《い》かして、リンゴよりクロアオソウの方を増やしてもらっている。それでいいんだよな？」

「いい、おもう」

「ウサギ肉も増えたし、貧血だっけ、効果があればいいんだが」

「ん」

図鑑の最後の項目まで来て、僕は指をさした。

「……これ」

「ん？　ああツブクサか。お祖父様《じいさま》が書いたのが途中で終わってるんで、よく分からないんだよな。書いてあるのはただ、種を食べることはできるが美味《うま》くもない、腹持ちもしないって感じだろ」

「ん」

「何か役に立ちそうか？」

「んーー」

少し考えて、首を振る。

別に、具体的に何か気づいたわけじゃない。

何となく気になる、何かを『勘』が告げてくる、そんな感覚だけなのだ。

――今日は、そんなのばっかりだな。

スランプなのかもしれない。

また意味も分からない言葉が浮かんでくるのに辟易《へきえき》しながら、僕は部屋まで戻してもらった。

7 赤ん坊、調理を教える

それから一週間程度、同じような日が続いた。

天気次第ではあるが、午後は狩りと農作業のどちらかになる。

結局狩りはさらに三回ほどできて、狩った野ウサギの数は二百羽を超えた。

一方、小屋でのクロアオソウの栽培は、リヌスの『光』の効果と確信が持てる程度に、成長が見られた。あと数日で収穫できるらしい。

兄はベッセル先生や村の大人と相談して、新たな栽培小屋の建築と栽培方法伝授の計画を立てている。


通算五回目の狩りの帰り、兄は「もうすぐ雪になりそうだ。今年の狩りは最後ですかな」などとディモの予想を聞いて、頷《うなず》いていた。

残念そうながらこれまでの成果が満足で、アヒムたちも晴れ晴れと頷いている。

防護柵の外まで戻ってきて、ふと気がついて。

僕は兄の肩を叩《たた》いた。

「え、うん？」

「どうしました？」

不審げに問い返すディモに見えないように、そっと横手を指さす。

そちらへ寄って、群生するまだ青い植物の前で兄は身を屈《かが》めた。

「これは？」

「ああ、ツブクサですな。刈ってもすぐにまた生えてくる、雑草ですわ」

「雑草なのか？　食べられない？」

「小さくて黒い粒々の種ができるんですが、まあ食べて毒ということはない。ただ美味《うま》くもないし腹も膨れないってんで、誰も喜んで食べはしないさね」

「ふうん」

「俺も食べてみたことあるけど、美味いもんじゃなかったさ」

「だな。それが何か気になるですかね、ウォルフ様」

アヒムとディモの続く言葉に、兄は首を振《ふ》り返《かえ》した。

「いや、お祖父様《じいさま》の記録に名前だけ載っていたんで、ちょっと気になっていただけで。うーん。まあここで見つけたのも何か縁？　みたいなもんだから、ちょっと抜いて持ち帰ってみるか？」

一度思わずのように僕の顔を見て、兄はその草を二本引き抜いた。


腰を伸ばして向き直ると、アヒムが何やら妙なにやにや笑いをしている。

「どうした？」

「え、いや。今何か、ウォルフ様がルートルフ様に相談しているみたいに見えて、ちょっとおかしかったさ」

「そうだったか？」

「今までにも何か、何回かそんなふうに見えることあって、ああウォルフ様、ルートルフ様のこと好きなんだなあ、と思ってたさ」

「何だ、それ」

苦笑いになって、兄は肩をすくめた。

しかしディモやもう一人の少年も同じ思いらしいことを見て、覚悟を固めたようだ。

「まあ正直、俺自身意識的にそうしてたところもあるからな」

「ルートルフ様に相談してるんか？」

「いや、何と言うか。ここしばらくこいつと一緒にいること多くて、何かするときちょっと、こいつの機嫌とか表情とか見て行動したらうまくいくこと多くてさ。それで何となく、ゲンかつぎとかジンクスとか？」

「ああ、なるほど」

「正直言うと、初めて野ウサギを狩ったときも、実は自信なかったんだ。それがあのとき、ルートルフに肩叩かれた気がして、そのタイミングで飛び出したらうまくいって。その後もこいつの反応見ながら動いていたらみんなうまくいくもんだからさ――ってこれ、他で言わないでくれよ、かっこ悪いから」

「はは、かしこまりました」

納得顔で、三人は笑い顔を見合わせている。

「これで分かった。何で毎回危ないのにわざわざルートルフ様をおぶっていくんか、気になってたさ」

「本当に。ときどき気になってたさ。野ウサギがいっぱいいるとき、こっち狙った方が狩りやすいんじゃないかと思っても、ウォルフ様別の方を狙うこと何度もあって。あれ、ルートルフ様のお告げだったんか」

「まあ、そうだ。いや、お告げって、神様とかじゃないんだが」

「ははは」

一同納得いただいて、喜ばしい限りだ。

実はこの兄の説明、先日二人で相談してでっち上げたものだった。

毎回僕をおぶって歩くことや、いくら隠しても傍目《はため》に何か相談しているふうに見えることがある点、そのうち説明する必要が出てくる可能性を考えたのだ。

「ゲンかつぎって、農民や猟師でもあるですが、騎士様方にもあるとか聞いたさね」

「ああ。俺も合宿のときそんな話を聞いた。やっぱり命を懸けることの多い仕事はどうしてもそうなるんだって」

「そのようさねえ」

ディモと笑い合って、村への道へ戻った。

採って帰ったツブクサは、料理人のランセルに見せても「見たことない。食えるようにできるか見当もつかない」という返事だった。

一応、種を集めて乾燥させておこう、ということだったので頼んでおいた。

あと、他にランセルに頼むことができていた。

次の日の昼食後。

しばらく前から兄の部屋で準備してきたものにようやく目処《めど》が立ったので、十分相談した末、僕はおぶわれてキッチンへ向かった。

兄には、コップに小皿の蓋《ふた》をしたものを大事に持ってもらっている。

キッチンにはランセルの他、ウェスタとベティーナがお喋《しゃべ》りをしていた。

ウェスタの娘のカーリンは、傍《そば》の揺り籠でぐっすりお休みだ。

「古文書に載っていた調理法を確かめるのに協力してほしい」と兄が言うと、料理人より先にその妻と子守りが興味を示してきた。

「古文書の調理法、ですかい」

首を捻《ひね》りながら、それでもランセルは準備に動いてくれた。

用意する材料は、黒小麦粉に塩を少々、温《ぬる》めの水、それだけ。

なお、この地域で塩はかなり高価で貴重なので、使用には少々ためらいが起きる。しかしこの試みの目的は食材の価値の見直しなので、ここでは少しでも美味さが増す可能性をとることにする。

あと、取り出しましたのは、コップに用意した魔法の液体。

「これを漉《こ》して、液の方を使う。量は分からないんだけど、とりあえずここにある半分を使おう」

「へえ」

木のボウルで粉に液体を混ぜる。水を足して、扱いやすい固さにしてこねる。塩を足して、こねる。あとはこねる、こねる、ひたすらこねる。

木の板の上に出して、こねる、こねる、ひたすらこねる。

板に叩きつけながら、こねる、こねる、ひたすらこねる。

黒小麦粉なので茶色の生地、その表面に少しツヤが出てくる。

「これくらいでいいかな？」

「ウォルフ様、これつまり、パン、すよね？　いつも作ってるわけ、すが、こんなにしつこくこねたのは、初めてだ」

汗まみれのランセルに、妻が手ぬぐいを差し出してやっている。

ベティーナはずっと、横から「がんばれランセルさん」とご機嫌の応援だ。

「いつものパンも、こねた後で寝かせるわけだな？」

「へえ。二刻ぐらいすかね」

「それを、四刻くらい様子を見てくれ。乾かないように濡《ぬ》れ布巾《ふきん》をかけて、これから夕食の支度で火を使う傍とか、なるべく温かいところに置いて」

「へえ」

「四刻ほど、頼む」

「かしこまりました」

この時間いつも、兄が僕の相手をしているならベティーナは料理手伝いだという。

三人をキッチンに残して、兄と僕は武道部屋で時間を潰《つぶ》すことにした。

この後の作業指示は少し複雑で、兄が覚えきれないかもしれないので、あらかじめ石盤にまとめておこうと思う。

あとは、植物図鑑や地図で、諸々《もろもろ》計画の確認。


三刻ほど過ぎたかと思われる頃。

キッチンの方から、悲鳴が聞こえてきた。

「えーーーー？」

「何これーー？」

ウェスタとベティーナの、合唱だ。

駆けつけると、布巾を開いたボウルを囲んで、三人が目を丸くしている。

「どんな様子だ？」

「それが、ぶくぶくになっちゃって」

「気味悪いですーー、何か悪いこと起こってるんじゃないですかーー？」

ウェスタとベティーナの口々の説明に、ボウルを覗《のぞ》き込《こ》む。

兄も初めて見た現象に驚いたはずだが、打ち合わせのものと比較判断して、落ち着いた返事をした。

女二人の慌てぶりに、逆に冷静になってしまったのかもしれない。

「これでいいんだ。ただ、もう少しかな。大きさが二倍を超えるくらいまで、待ってみよう」

「は、はい」

こちらも自分が狼狽《うろた》えてはみっともないと判断したらしく、こくこくとランセルは頷いてみせた。

もう一刻ほど待って、生地は元の二倍以上に膨らんだ。

また板の上に出して、膨らんだ気泡《きほう》を少し潰すように優しく生地を延ばす。

平たく広げた後、前後からと左右から、それぞれ三分の一くらいずつを上にたたんでいく。

「これをまた、一刻くらい寝かせる」

「はい」

その後で最終的に作りたい形に整形するのだが、ここは従来のパンに合わせて、丸ごと一つの楕《だ》円形《えんけい》にまとめておく。

「これをまた二刻以上、二倍に膨らむまで寝かせて、石窯《いしがま》で焼くんだ」

「はい」

ようやく残りの調理の見当がついたと、ランセルはやや安堵《あんど》の表情になっていた。

二刻経《た》つと、狙い通り生地は二倍程度に膨らんでいた。

そっと指先でつついて、ウェスタはおっかなびっくりの顔になっている。

「何だか頼りないと言うか、柔らかすぎじゃないですか、これ」

「石窯で焼いたら、爆発しないですかあ？」

「……大丈夫、だと思う」

女二人の不安な指摘に、兄は力のない返答をした。

誰もが初めての経験なのだから、自信を持てるはずもないのだ。

熱した石窯に入れると、ほどなく芳《こう》ばしい香りがしてきた。

ただし、香り自体はいつものパンと大きく変わるものではない。

一刻ほどで、焼き上がり。

窯から取り出したパンを、柔らかさに苦労しながらランセルは両断した。

ますます温かく芳ばしい香りが立ち昇り、びっしり気泡の入り組んだ断面が現れた。

「わあ」

「おお」

期待に満ちた、喚声が上がる。

断面から薄目に切り取った一片を、ランセルの庖丁《ほうちょう》が四等分。

一片ずつを受けとった立会人一同が、同時に口に入れ、目を丸くした。

「何、この柔らかさ？」

「ふわふわーー」

「口で溶ける……」

さらに小さく指先ほどに千切った一片を、兄が僕の口に入れてくれた。

まだ乳離れしていない僕にとって、生まれて初めて口にした固形物だ。しかし外の部分を避けた最も柔らかな内側なので、苦もなく飲み込むことができる。

黒小麦の独特な風味も気にならないな、と秘《ひそ》かに頷く。

「これなら、ぼそぼそや妙な匂いも気にせず食べられるんじゃないか？」

兄の問いかけに、ただうんうんと、三人は頷いた。

「これなら黒小麦も、おいしく食べられますぅ」

「白小麦のパンでも、こんなふわふわでおいしいの、食べたことないですよ」

「これって、さっきの不思議な液のせいなんすよね。ウォルフ様、あれいったい何なんです？　よっぽど値が張る――」

「ヤマリンゴの皮と芯を、水につけたものだ」

「リンゴの皮と芯？　そんな身近って言うか、余り物みたいなので？」

「天然酵母《てんねんこうぼ》と言うんだそうだ。果物とかを水につけて、一週間ほど温かいところに置いておけばできる」

「そんな簡単に？」


「ウォルフ様ウォルフ様、こんなおいしいの、奥様にも食べていただきたいですぅ」

呆気《あっけ》にとられているランセルをよそに、ベティーナが手を振って言い出した。

「そうだな。イズベルガを呼んできてくれるか」

「はあい」

一声上げて、たちまちベティーナが駆け出していく。

すぐに戻ってきた声は、その落ち着きのなさを叱る先輩侍女が先に立ってのものだった。

「ウォルフ様、何か」

「ああイズベルガ、これを母上に――あれ？」

兄の声が奇妙に跳《は》ね上がったのは。

その当人の顔が二人に続いて戸口に現れたためだった。

「母上、出歩いて大丈夫なのですか？」

「この何日かはたいそういいんですよ。今両方の戸を開いているから、二階までとんでもなくいい香りがしてくるんですもの。堪《たま》らなくて来てしまったわ」

「はは……」

すぐに母とイズベルガにも焼き立ての味見用が渡されて、口にした二人が目を丸くしていた。

一人だけ除《の》け者は可哀相《かわいそう》だと、ベティーナがヘンリックも呼びに行って、結局屋敷の全員で味見をした結果、新しいパンは絶賛を受けることになった。

さっそく今夜から、量は少なくても夕食でみんなで分けていただきましょう、と母が宣言して、大きく頷いたランセルが動き出す。

それを受けて、兄はウェスタに声をかけた。

「じゃあこれから継続して天然酵母を作ってほしいから、ウェスタに作り方を教えるよ。俺の部屋で日にちをずらして作りかけのもあるから、後で持ってくるので続きから頼む」

「かしこまりました」

「それと、ランセルと二人で安定してこのパンを作れるようになったら、村のみんなに教えに行ってもらうから、そのつもりでいてほしい」

「ああ、はい。かしこまりました」

「すごいですねえ。村の人みんながこれ、作れるようになるんですねえ」

「ああ、そのために考えたんだからな」

感激するベティーナに、兄が笑い返す。

その様子をそっと母が満足げに見ているのが、視界の隅に映った。


「何とか、うまくいったな。終わりよければみんないいって言うけど、大変だったぞ」

「ごくろ、さま」

「もっと早く言ってくれれば準備できたのに、今日のための台本をいきなり昨日言い出すんだもの。お前、あの酵母の用意は前からしていたくせに」

「はは」

恒例となってきている、夜中の兄の部屋での打ち合わせ。

この日はぐったり疲れた兄の愚痴から始まった。

ランセルたちへの説明はすべて兄に任せるしかなく、今日のものはかなり複雑で繊細《せんさい》な注意が必要だったのだから、大変だったのはまちがいない。

また、天然酵母のことも言われる通りで、一週間前に兄にヤマリンゴの捨てる部分を手に入れてもらった後は水につけて兄の部屋の棚に置き、「触らないで」とだけ注意してあとの説明を拒否していたのだ。

「こうぼ、じしん、なかった」

「そうなのか？」

実はこの経緯《けいい》で最も当てがなかったのが酵母の成功なのだ。

自分で作ったことがないのはもちろん、もしうまくいかなくても誰にも相談できない、どう改善していいか想像もつかない。

何しろ、この世界に存在しているものかどうかも分からない。

兄に訊《き》いたところ王都での白小麦のパンもかなり硬いということだったので、ほぼこの世に存在しないものとの前提で手をつけるしかなかったのだ。

だから、失敗の可能性が高い予想で、事前に兄には説明しなかった。

酵母ができてからの実際のパン作りは、曲がりなりにも料理人たちに近いことの経験はあるはずなので、多少の失敗はあっても挽回《ばんかい》可能だと思った。


なお、兄には説明のしようがないのだが。

この過程で、僕の身にはとんでもないことが起きていた。

黒小麦の利用、パンの改善、と『記憶』に何度か問いかけていたら。

七日前だったと思う。就寝中の夢の中に『記憶』が人の姿をとって現れたのだ。

容姿顔つきは明瞭でないのだが、とにかく人の姿をした存在として。

『一度しか説明しないから、小僧、しっかり覚えるのだぞ』

開口一番、そんな宣言をして。

天然酵母の作り方と、パンの作り方を、目の前で実践《じっせん》してくれたのだ。

果実を水に混ぜたものは、毎日一度よく振る。

しゅわしゅわと泡が立つようになり、この程度まで落ち着いたら酵母の完成。

パン生地はこの程度までこねる。

見た目この程度になるまで発酵させる。

といった、言葉だけでは到底できないことを教示してくれた。

さらに、

『天然酵母は結局微生物だから、そちらの世界にその微生物がいなければ無理かもしれない』

『黒小麦はライ麦に近いという予想でパン作りを指導するが、他の麦だったとしたらまったく意味ないからそのつもりでいろ』

などという、何とも心強い（？）つけ足しをしながら。

何でも『記憶』の世界では、ライ麦という種類ならふつうの小麦よりは少ないながらグルテンだか何だかを含有《がんゆう》していて、膨らむ可能性がある。エンバクとかそんな種類なら絶望、なのだとか。

実際には『ライ麦でもそれほど膨らみは期待できない』という付言《ふげん》を裏切って、感激するほど柔らかく膨らんでくれたのは、いい方向の誤算だった。黒小麦は、ライ麦よりふつうの小麦に近かったのか。

それにしても、突然現れた『記憶』――そう言えば、この呼び方でいいのか、本人に確認していない。まあ、いいか――の傍若無人《ぼうじゃくぶじん》ぶり、人間臭さは、拍子抜《ひょうしぬ》けで呆気にとられるレベルだった。

『何で俺がこんなこと――』

『ありふれた天然酵母パンの作り方など延々《えんえん》とやっても、誰にも受けねえぞ』

などと終始ぶつぶつ宣《のたま》いながら、結局丁寧にご指導くださるのだ。

感謝感激しながらも、起床後どっと疲れが沈み直ってくる、そんな一夜だった。

「まあとにかく、これで黒小麦を食うのに苦痛が少なくなるわけだ。腹の膨れ具合は変わらないとしても、気持ちの面で全然違うな」

「あと」

「何だ」

「よそでうれる、かも」

「黒小麦がか？　他領や王都なんかで？」

「ん」

『記憶』の話では、向こうの『ライ麦パン』は独特の風味でそれなりの購買層を得ているという。そのままこちらに移せる話ではないだろうが、ある程度の期待を抱いて検討を進める価値はあるのではないか。

あるいはというレベルの話だが、この地域で白小麦の収穫率は頭打ちでも、黒小麦の方なら伸ばすことができるという可能性はあるかもしれない。

そう説明すると、「うーむ」と兄は腕組みで唸《うな》った。

「まあしかし、すぐ何とかなるわけでもない、将来に向けて、ということだな」

「ん」

「まあ、将来に展望が見えるだけでも、領民のやる気を上げられるかもしれないし」

「のこる、ごろいも」

「ん？　ああ、あと見直しができていないのは、ゴロイモだけか」

「おもいだした」

「何だ」

「ごろいも、いっぱいある」

「そうだな」

「なぜ、がし？」

畑や蔵を見たときの違和感を、思い出したのだ。

小麦より多いかもしれないほどの面積に植えられたゴロイモ。

蔵の中でも、かなりの置き場所をとる量に見えた。

もちろんこれだけを食べていったら栄養面などの問題はあるだろうが、とにかく餓死を免《まぬが》れるという目的のためだけなら、ゴロイモの量は十分にあるように見えたのだ。

「ああ、お前は知らなかったんだな」

「なに」

「ゴロイモには、毒があるんだ」

「たべられない？」

「いや、まったくというわけでなくな。しかし毒がある部分を除いてしまうと、かなり量が減ってしまうんだ」

「へええ」

「いや俺も、くわしく知っているわけじゃないからな。明日、ランセルに訊きに行こうか」

「ん」

というわけで、翌日の予定が決まった。

土の日で午前の勉強時間がないので、朝からキッチンに押しかけることにした。

8 赤ん坊、オオカミと遇《あ》う

翌日、本来なら朝食の片づけが済んで休憩に入るだろう頃合いに主人の息子に押しかけられたわけだが、前日の勢いのご機嫌で、ランセルは僕らを迎えてくれた。

傍《かたわ》らではさっそく、ウェスタとベティーナが天然酵母作りの準備を始めている。

ゴロイモの調理を見せてほしいと兄が頼むと、料理人は「ようがすよ」と気さくに昼食のスープ用の分を取り出してきてくれた。

いくつかのイモを軽く水洗いして、板の上に載せる。

「ゴロイモの外側の方には毒があるんで、切り落とさなくちゃならないんす」

説明して。

まず球形に近いその横の長さを三等分したあたりの位置にすっぱり庖丁《ほうちょう》を入れ、左右の端を脇に除《の》ける。

残った円盤状の中央部分をぱたり板の上に倒し、円形の断面を見て、また横の長さを三等分した位置に庖丁を入れて左右を切り落とす。

縦長の残りを横長に置き直し、また横の長さを三等分した左右を切り落とす。

残ったのはつまり、元の球形から上下前後左右の三分の一分を取り去った、中央部分のサイコロ型（？）だ。

量にしたら、元の球形の十分の一もないのではないか。

「この残った分なら、絶対毒がないって分かっているんす」

言って、ランセルはそれを大事そうにボウルに入れる。

切り取った外側は、当然ゴミ入れ行きだ。

「いつ見ても、捨てる分が多くて情けなくなるよね」

「わたし、ゴロイモの味は嫌いじゃないけど、調理するのは何か好きじゃないですう」

料理人の手元を見て、ウェスタとベティーナが溜息《ためいき》をついている。

「昔本当に、飢え死にしそうだった奴《やつ》がこの捨てる方のところを食べて、痙攣《けいれん》して死んだという話が残っている、す」

「この調理のしかたは、王都なんかでも同じなんだな？」

「そのはず、すよ。俺は王都仕込みの親方にこれ習ったすから。ただ、あっちではもともとゴロイモはあまり食べられていないという話、す」

「そういうふうに聞くな」

頷《うなず》いて、背中の僕を見てから「ありがとう」とランセルに断って、兄はキッチンを出た。

兄の部屋に入って、ベッドの定位置に落ち着く。

「何か、思うことはあるか？」

「うーん」

さっき調理を見ながら『記憶』に問い合わせて、得た知識はある。

その知識がここでも正しければ、調理に改善の余地があることになる。

しかし、と迷いながら、想像と断って兄にその知識を話した。

「それが正しければ、えらい違いになるじゃないか」

「ん」

「だが」顔をしかめて、兄は腕を組んだ。「事実だとして、俺がみんなに話したとしても、信用される当てはないぞ。いくら領主の息子の命令でも、毒かもしれないと信じられている部分を口にする奴はいないだろうし」

「ん」

僕だって、真っ先にそれを考えた。

当然の問題点、なのだ。

「何とかできる当てはあるか？」

「んーー」

「無理、だよな」

「……もり、いく」

「は？　野ウサギ狩りか？」

「んん」

「じゃ、何をしに」

「いけどり」

「は？」

説明すると、一応の理解は得たが。問題はある。

野ウサギの生け捕り自体は、難しくない。

僕の『光』で目を狙って射貫《いぬ》けばたいがい気絶するか動けなくなるので、そこを捕《つか》まえればいいのだ。

ただこれだと、兄以外にはその過程を見せられない。

いつものディモや少年たちの付き添いなしに、狩り場まで行かなくてはならないのだ。

「それが必要なら、行くしかないだろうが」

その通り、だが。

バレたら、母やヘンリックから大目玉を食う事案だ。

しかし兄がその気になっているなら大丈夫――と、思いたい。


午後からまた村に行く、とベティーナに準備してもらった。

兄に背負われていく限り、屋敷の者は心配していない。

狩りの際は兄から離れて見ている、という説明が信用されている。この日も、その予定だという受け止めだ。

完全防寒装備で、兄に背負われる。

兄はいつもの狩り装備、それに今日は粗布《あらぬの》の袋が二つ加わっている。

もちろん、生け捕りにした野ウサギの運搬用だ。

今日は、それ以外狩りをしないつもりにしている。


二人だけで森に入るのは初めてだが、ここのところ二日に一度以上通い慣れた、いつもの道だ。

迷いなく、見慣れた狩り場に着いた。

間もなく、一刻も待たずに、枯れ葉の上に野ウサギの姿が見えた。

もう一羽見えたのを確かめて、『光』照射。一瞬で、二羽は悶絶《もんぜつ》した。

兄が駆け寄り、一羽ずつ袋に入れる。

任務終了。

あっという間の、終結だった。


「思ったよりあっさり、終わったな」

「ん」

「じゃあ、何も起こらないうちに、帰るか」

「ん」

兄が両手に袋を提げて、歩き出す。

帰りも、慣れた道だ。

それを少し辿《たど》ったところで、妙なものが聞こえた。

「え？」

「どうした」

「きこえない？」

「何だ」

「ひとの？　うめきごえ、みたいな？」

「何だって？」

確証はない。ただ、そう聞こえるのだ。

兄には聞きとれていないらしく、しきりと左右を見回していた。

子ども二人だけなのだから、無理するべきではない。

ただ、怪我《けが》している人がいるなどということなら、見捨てるわけにもいかないのだ。

「どっちだ」

「ひだり……かな」

「少しだけ、行ってみるか」

わずかに、いつもの道を逸《そ》れる。

それでも、以前に踏み込んだことはある範囲だ。

ただ、そのときとは見た目が変わっていた。

木の葉が完全になくなり、遠くまで見通せる。

少し離れたところに岩でできたらしい丘、その坂肌に大きな穴が見えてきた。

「洞窟《どうくつ》？　声はあっちか？」

「みたい」

「あ……俺にも聞こえた」

「あのあな、だよね」

「だな」

近づくにつれ、その声ははっきりしてくるようだった。

やはり洞窟の中かららしく、妙に籠《こ》もって明瞭には聞きとれない。

しかし、生き物の発する音声だということはまちがいないと思われる。

兄は、剣を抜いて構えた。

その分、右手の野ウサギを入れた袋は、その前の地面に置くことにする。


「危険を感じたら、すぐ逃げるからな」

「ん」

僕をそこに下ろすことも、考えただろう。しかしそれは、ますます危険なのだ。

僕一人だけなら、きっと野ウサギ一羽、野ネズミ一匹相手でも、命を落としかねない。

『光』が間に合えばともかく、体力だけなら絶対に負ける、自信がある。

「行くぞ」

「ん」

剣を構えて、じりじりと兄は中へ進んだ。

すぐに行く手は暗くなる。

そこへ、僕は弱い『光』を灯《とも》した。

少なくとも、足の踏み場は見通せるようになる。

何もなければすぐ引き返しただろうが、すぐにまた声が聞こえてきた。

「近いな。おい誰か、いるのか？」

兄が呼びかけても、返事はなかった。

ただ、呻《うめ》き声《ごえ》がわずかにひそめられたような。

じり、と兄の足が一歩進み。

僕は『光』をサーチライトに変えた。

岩がいくつか凹凸《おうとつ》を見せ、その先が開けているようだ。

開《ひら》けた手前、やや大きな岩の陰。

思ったよりも小さな、横たわるものがあった。

「何だ？」


人、ではなかった。

見えたのは、白っぽい毛皮、だったのだ。

「動物、か」

剣を前に出して警戒しながら、兄は覗《のぞ》き込《こ》んだ。

『犬？』と『記憶』が告げてくる。この世で見た経験は僕にないが、そんな連想が起こる外見のようだ。

兄にも、見た経験があるようではなかったが。

『犬』から連想される、この森の住人に心当たりはあるのだった。

「もしかして、オオカミか？」

「かも」

しかし、これまで聞いた限りのオオカミとしては、見た目が小さい。

しかも、横たわっていて、赤いものが見える。

見ると、前足に怪我を負っているらしい。

こちらとしては警戒したが、どうも襲ってくる元気はないようだ。

「どうするか……」

「てあて、できる？」

「まあ、少しの用意はあるが」

森に入る以上、簡単な非常食や怪我の治療用品などの装備は当然だ。

少し嫌な顔はしたが、僕の意思は感じたようだ。

腰の袋から、兄は薬を取り出した。

僕は『光』を頭上からのものに変えた。

ぴく、と身を震わせ、動物は弱々しい視線をこちらに向けた。

「暴れるなよ。悪いことはしないからな」

塗り薬を出して、兄は傷口につけてやった。

一呼吸、二呼吸。

さっきまで呻き声を出していたその動物の、呼吸が穏やかになってきたような。

薬が、効いた？

「いや、嘘《うそ》だろう」

「なにが」

「いくら何でも、こんなに早く薬が効くわけはない」

「だね」

しかしそうは言っても。

目の前の動物の様子が穏やかになってきている、その事実にまちがいはないのだ。

「まあとにかく、効いたということなら問題はないわけだが」

このまま元気を取り戻すようなら、喜ばしいこと、なのだろうか。

それともあるいは、改めてこちらの身の危険を案じるべきか。

ちらと兄が振り返り、僕と目を合わせた。

どうする、か。


そのとき。

ふん、と鼻を鳴らし、オオカミ（？）は少し頭を起こした。

ふんふんと鼻を鳴らして、兄の左手を見ている。

「そう言えば」

「なに？」

「オオカミは、滅多《めった》に人を襲わない、と聞いた」

「そう？」

「襲うとしたら、よっぽど空腹のときだけだと」

「え……」

「そんなとき、狩った野ウサギを持っていたら、それを置いて逃げろって」

「あ……」

兄の左手には、獲物一羽を入れた袋が提げられているのだ。

「先人の教えに、従うか？」

「ん」

袋を開いて、まだ気絶したままの野ウサギ一羽を、オオカミの鼻先に置いてやった。

ちら、一瞬こちらを窺《うかが》ってから、大きく開いた口があっという間に食らいついていく。

生きた動物同士の食らい合いなど、好んで見たいものではないけど。

それは何と言うか、気持ちのいい、と形容したくなるほどの食べっぷり、だった。

よっぽど空腹だったのだろう。

本当にあっという間に、小柄なオオカミの半分近くはありそうな大きさの元野ウサギだったものは、白い骨だけになっていた。

「見事なものだな」

「ん」

凄惨《せいさん》さとかそんなものを感じる暇もなく、兄と僕はまず感心しきってしまっていた。

一応満足したらしく、オオカミは舌で上唇を舐《な》め続けている。

ふと、兄が前方に顔を上げた。

暗がりに慣れた目に、奥の様子が見てとれてきている。

少し進んだ先に、かなり大きな湖のようなものが見えているのだ。

「ものはついでだ」と呟《つぶや》いて、兄は腰を上げた。

「これだけ食って、喉が渇いたろうな」

湖の端に近寄り、両手で水を汲《く》み上《あ》げるのだ。

それを零《こぼ》さないように携《たずさ》えて、オオカミの傍《そば》へ戻る。

両手の水を差し出す。

しかし、オオカミは首を振るようにして、わずかにそっぽを向いた。


「何だ？」

厚意を無にされたとばかりに、兄は水を捨てて口を尖《とが》らせた。

そのまま、やや興奮したように、口元を拭い。

素《す》っ頓狂《とんきょう》とも聞こえる声を上げた。

「な？」

「どしたの？」

「しょっぱい」

「え？」

「塩水――え？」

大慌ての様子で、奥の湖に目を向ける。

見渡す限り果てがない、その地中の大きな湖が、いわゆる塩湖というものだったらしい。

『火山の近くでは、あり得る』と『記憶』が告げてくる。

「このオオカミ、それを知っていたのか」

「かも」

もしかすると、怪我して弱って塩分を必要として、ここへ来た。その目的は達《たっ》したが、体力が尽《つ》きてここで動けなくなった、そんなことなのかもしれない。

「まあ、怪我もいくらか治まったようだし、空腹も満たした。当分不満はないだろうな。心置きなく、あとは自然の摂理《せつり》ってやつに任せることにしよう」

「ん」

頷き合って、兄は入口の方へ向き直った。

野ウサギ一羽を失ったが、今からならまた補充もできるだろう。

背負った僕を揺すり上げて、歩き出した。

入口までは、すぐだった。さっきのような荘厳《そうごん》な湖がこんな近くにあるとは、すぐには信じがたいほど。

兄も「こんな湖のこと、誰からも聞いたことがない」と言う。

誰も知らない存在なのだろうか。

だとしたら、夏場には周りの多くの木々の葉で隠されている、ということが原因の一つなのかもしれない。

もしかすると、猟師の知識でこの辺りはオオカミが多いというのがあって、近づかないように申し合わせているということもありそうだ。

そんなことを話しながら、僕らは外に出た。

放置していた野ウサギ一羽の袋は、そのままになっていた。

それを拾い上げながら、「おや」と兄は周囲を見回した。

何かの気配を、僕も同じく感じていた。

「何だ？」

「……あ」

後ろを振り向いて、すぐにその正体が分かった。

白っぽい毛並みのオオカミが、僕らの後ろからひょこひょこと歩いてきていたのだ。

怪我をした右前足だけわずかに浮かせて、残りの三本足を器用に運んで。

明るい外に出ると、その毛並みは汚れてはいるものの、銀色と呼んでもよさそうなツヤを持っているようだった。

やはり、オオカミとしては小さく思われる。もしかするとまだ、子どもなのかもしれない。

そんな観察をしているうち、警戒の素振りもなく近づいてきたオオカミは、兄の足元にうずくまった。

そのままふんふんと匂いを嗅ぐように、鼻先を足に擦《こす》りつけてくる。

「……まさか」

「にいちゃ、なつかれた？」

「……かもしれない」

怪我の治療と餌《えさ》の提供で、すっかり仲間認定されたのか。

野生の獣として、そんな安直な信用いいのかよ、という気がしてしまうが。

「もしかして、これが目当てか？」

兄がもう一羽の野ウサギの袋を鼻先に寄せてやっても、オオカミは軽く首を振って興味を見せない。

まあ、さっきの一羽で十分すぎるくらい満腹状態だろう。

そうしてみると、餌に釣られてついてきたというわけではないことになる。

数歩兄が歩き出してみせると、当然のようについてくる。

「ついてくる、みたい」

「しかしなあ……。村まで連れていったら騒動になるぞ」

滅多に人を襲わないという認識ではあっても、やはり人間にとって恐ろしい相手と思われている獣だ。

森に入る猟師もできる限り彼らとの遭遇《そうぐう》は避けるようにしているらしいし、この地域の子どもには「森には近づくな」という戒《いまし》めの象徴になっているはずだ。

うーん、と兄は考え込み、やがて首を振った。

「まあ、無理矢理《むりやり》追い払うのも面倒だ。とりあえず森を出るまでついてくるつもりなのか見ながら、好きにさせよう」

「ん」

「で、お前森の中を歩くつもりなら、その傷を守っておかないと悪くしかねないぞ」

苦笑で、兄はしゃがみ込んだ。

手拭き用の布を引き裂いて、前足の傷上を縛ってやる。

オオカミは呆《あき》れるほど柔順に、その処理を受けていた。

「それとさ、本当にこいつがついてくるなら、大人たちに見せて相談したい点があるんだ」

「なに？」

「こいつのこの傷、もしかすると矢を受けた痕《あと》なんじゃないかと思う」

「や？」

「本当に矢だとしたら当然、人間に攻撃されたことになる。だけど最近、ディモや村の者がオオカミと出会って矢を使ったなど、聞いたことがない」

「だね」

二日に一度ペースで狩りに来ているのだ。そんなことがあったら必ず、兄にその報告があるはずだ。

「オオカミの数が減っている疑惑がある。その中で、この村以外の者がオオカミを攻撃しているとしたら――」

「もんだい」

「だよな」

確かに、大人と相談すべき事案かもしれない。


兄が歩き出すと、やはり当然の顔で彼はついてきた。

木々に囲まれた細い道を、ひょこひょこ器用に三本足で。

途中、僕らがもう一羽の野ウサギを生け捕りにする猟をしていても、傍で黙って見ている。

やはり満腹だと、他の動物に関心はないようだ。

そのまま森の出口へ向かっても後に従ってくるので、好きにさせることにした。

「野ウサギ二羽だけのつもりが、えらい大きな拾い物をしたことになるな」

「それと、だいはっけん」

「何だ」

「しおのみずうみ」

「ああ、あれが？」

「しお、つくれる」

「あ、そうか！」兄は叫び声を上げた。「すごいことだったんだ、これ。領地の食生活が変わる。それにうまくすると、すごい売り物になるかもしれない」

「ん」

「これは、ヘンリックに相談だな」

気が急《せ》いてきたらしく、兄は足を速めていた。

森を出て、防護柵の出入口まで来ると、すぐ中にディモがいた。

兄の顔を見て、慌てた様子で駆け寄ってくる。

「ウォルフ様！　一人で森に行ったと聞いて心配――やあ、何だそりゃ！」

声が悲鳴に変わったのは、当然オオカミの姿を見たためだ。

「ウォルフ様、危ない！　そいつ小さいけど、オオカミでさ！」

「だよな、やっぱり」

「やっぱりって、そんな呑気《のんき》な」

「森で見つけて怪我してたの薬つけてやったら、懐《なつ》かれたみたいだ」

「そんな、あなた。あっさりと……」

「それよりディモ、ちょうどよかった。これ、見てくれないか」

相手が混乱しているときは、強気で話題を変えてしまうのもテクニックのうちだ。

兄はオオカミに屈《かが》み込んで、縛っていた布を解《ほど》いた。

相変わらず獣は、柔順にされるがままになっている。

「これ、矢を受けた痕じゃないかと思うんだが、どうだろう」

「矢、ですか？」

少し警戒の素振りながら、ディモは兄の隣に屈み込む。

まじまじと傷を覗き込んで、

「まちがいねえ、矢ですさね。矢尻が一度貫通した痕だ」

「やっぱりそうか――村でオオカミに矢を射たという奴の話聞いてるか？」

「聞いてないです。最近じゃウォルフ様と俺たち以外、森に入っていないはずさね」

「だよな」

傷に布を巻き直しながら、兄は難しい顔になっている。

意味が分かったのだろう、ディモも同様に顔をしかめていた。

「とりあえずこいつは、屋敷に連れていく。ディモは、村に本当に矢を使った者がいないか、改めて訊《き》いておいてくれないか」

「かしこまりました」

真剣な顔で、ディモは頷く。

本来なら「一人で森に入った」「危険なオオカミを近づけた」という点でお説教事案なのだろうが、すっかり兄のペースに巻き込まれてしまった形だ。


この「話題逸らし」のテクニックは、屋敷に戻っても発揮された。

家に入るなりヘンリックを呼び出して、オオカミの傷を見せつける。

他の家人も、僕らの無事を案じるより先にオオカミの存在に恐慌《きょうこう》状態だ。

傷が人間によるものである可能性、野ウサギ増加の原因がオオカミ減少によるという仮説を話すと、予想通りヘンリックは難しい顔になった。

「確かに、捨てておけない問題の可能性がありますね。旦那様に報告して、森に調査を入れることを考えましょう。ただ、今年はもう雪が間近だという時期なのが、難しいところですが」

「だよな」

それに続けて洞窟の中の塩湖の話をすると、ますますヘンリックは驚愕《きょうがく》の顔になった。

そんな存在を聞くのはまったく初めてだという。

「現在我が国の塩は、南方の海で生産されるものしか流通していません。ここでそれなりの量が採れることになると、流通を大きく変えることになるかもしれません。まちがいなく、我が領の収入に繋《つな》がるはずです」

「湖はかなり大きかった。向こうの岸が見えないくらいだったと思う」

「それならなおさら、期待が持てますね。村の者を動かして調査を入れましょう」

「これは、さっきの件以上に早く動けないかな。湖水を汲み出して塩を作れないかという実験をして、できればこの冬の村や屋敷で使える塩を増やせるようにしたい」

「さようですね。時間的に大変ですが、確かにある程度の量を汲み出すまでは雪の前に実現したいですね」

「そうだな」

「ただこの件は、他に知られるとややこしいことになる恐れがありますから、できるだけ情報は抑えるようにしましょう」

「分かった。よろしく頼む」

晴れ晴れとした笑顔で、兄は応えた。

頼もしく、執事はそれに頷く。

「かしこまりました。それと、ウォルフ様」

「何だ」

「一人で森に行ったこと、ルートルフ様をお連れになったことに関する点は、これらの発見とは別問題ですよ。十分反省して、今後改めていただきます」

「お、おお……」

それから一刻以上、ヘンリックの説教を受けることになった。

なお、加えて夕食後には母からの涙ながらの説教を、さらに一刻以上兄は直立不動で聞くことになった。

ちなみに当然、説教対象は兄のみだ。

――僕、赤ん坊だもん。

母の部屋を出てきた兄に、思い切り恨《うら》みがましい視線を向けられた。

一方、僕らがヘンリックと話している間、オオカミはランセルに首を押さえられて警戒されながら、ウェスタとベティーナの面接を受けていた。

結果、少なくともここまでの家人に対してはまったく敵意を見せないと、信用を得ることになった。

ランセルが用意した野ウサギの本来捨てる内臓部分を喜んで食べ、ウェスタの与える水を嬉々《きき》として飲む。

ベティーナが庭の隅へ連れていって「ここで用を足しなさい」と命ずると、すぐ素直に従うという、驚きの反応まで見せていた。

「まさか、以前どこかで飼われていたとかじゃないだろうな」

「毛並みや肉つきを見る限りじゃ、まず野生のものと思ってまちがいないところすけどねぇ」

兄の疑問に、ランセルは首を傾《かし》げて応える。

「信じられないけど、すっかりウォルフ様に仕える気になって、俺たちの仲間入りしたつもりになっている、としか思えないす」

「マジかよ」

ランセルの言の裏づけとして。

家の者に唸《うな》ってみせたりしない、だけではない。

兄か僕が近づくと、特別な反応をするのだ。

それまで寛《くつろ》いでいても一瞬で背筋を伸ばし、『お座り』の姿勢で舌を覗かせて、あたかも次の指示を待つような。

「ウォルフ様に仕える気」を信じるしかない。

寒くなってきているし怪我人だから、との配慮でウェスタが武道部屋の隅に古い毛布で寝床を作ってやると、すぐに満足げに丸まっていた。

こうしてたちまち、オオカミは我が家の一員になっていた。

ランセルの見立てでは、オオカミは生後一年未満くらいのオス、ということだ。

改めて母とイズベルガに拝謁《はいえつ》させる前に、「ここで飼うのなら名前が必要です」とベティーナが言い出した。

当然、名付けの責任はウォルフ様にある、と全員の意見が一致。

少し考えて、兄は『ザームエル』という命名を告げた。

王都で読んだ英雄譚《えいゆうたん》の登場人物だという。

強そうでいいと、女性陣に好評を博したが。

何故《なぜ》かその日のうちからベティーナの呼び方は『ザム』になっていて、オオカミ本人の好反応から、それが定着していた。

女主人への拝謁にあたり、「このままでは不潔です」とのイズベルガの一喝《いっかつ》を受けてウェスタとベティーナに頭からぬるま湯をかけて洗われ、困惑しきりの様子ながらザムは輝くような白銀色の姿になっていた。


夜も更け、恒例の兄の部屋。

ヘンリックと母からの説教への愚痴を一通り吐き出して、兄は大きく息をついた。

「まあとにかく、ヘンリックに話が通ってうちの領の改善に繋がりそうなんだから、今日の成果はよしと思うべきなんだろうな」

「ん」

「ところで、あのザムのことなんだが」

「ん？」

「俺たち兄弟に懐くと言うか恭順《きょうじゅん》の意を示している？　そのあたりはまちがいないと思う。しかしみんなは俺に仕える態度って言ってるけど、俺はむしろ、お前に仕えているつもりのように見ている」

「そう？」

「二人で近づいたら例の『お座り』待機ポーズを見せるわけだが、目の向いている方向からして、お前の指示を待っているんだと思う」

「そうかな。でも……」

あのザムの恭順のきっかけ、傷の治療と餌を与えたのは、まちがいなく兄の手だ。

背中にいた僕のことなど、兄の所有品程度にしか認識していないはず。

僕のことを、兄の所有品のうちで弱いものと理解して、守るべきと考えているだけなのではないか。

そう言うと、兄は小さく唸った。

「いや、そんなふうに考えるのが確かに自然なんだろうけど。どうしても気になるの、薬を塗った後のザムの回復があまりにも速すぎるんじゃないかってことでさ」

「は？」

「――話は違うんだけどな。例のリヌスの『光』を使ったクロアオソウの収穫ができるようになった。昨日からうちの食事にも使われている」

「ん」

「今のところ分かっている傾向で、リヌスの『光』による成長は、ルートの場合より少し遅い感じがしている」

「そう、なの？」

「それとな、さっきイズベルガに聞いた話なんだけど、昨日の夕食に使われたクロアオソウについて、母上が『まだ栽培が安定しないのかな』と言っていたっていうんだ。つまり、ルートの『光』のものより、リヌスのものの方が味が落ちるってことらしい」

「どゆこと？」

「どれもこれも偶々《たまたま》のことなのかもしれないんだけどな。いくつか同じようなことが起きてくると、何だか俺としては妙なことを信じたくなってきている。もしかして、ルートの加護の『光』には、特別な力が籠もっているんじゃないかって」

「え」

「植物栽培での効果が高い、味をよくする。狩りのときの使い方も見事すぎて、他の人が真似《まね》できないんじゃないかという効果だ。そしてもしかして、ザムの治療にもあのとき照らしていたお前の『光』が役立ったんじゃないのか。それをザムが感じとって、お前に恭順しているんじゃないのか」

「え……」

「最初にザムに与えたものって、あの薬の他はお前の『光』以外考えられないんだよ。薬の効き方として常識外だとしたら、あり得るのはもう一つの方の効果だ」

「う……」

「――と、まあ勝手に考えたんだけどさ」首を反らして、兄は伸びをした。「しかしまあ、全部想像だけ。真偽を確かめようったってそうできそうにない。植物栽培だって、いくら効果が高そうでもこれ以上お前に任せたくはない。村の者で分担させて安定した運営を作っていくのが正しいやり方だ。とすると、これ以上は考えるだけ無駄ってことなんだろうな」

「……ん」

「悪い。勝手な思いつきを話して、お前を悩ませてしまったな。この話は終わりにして、明日の計画について検討しよう。これが空振りになったら、今日の件は俺の怒られ損だ」

「だね」

確かに、と頷いて、話題を変えた。

明日の予定について、ヘンリックとランセルにはすでに話を入れてある。あと、勉強の時間にベッセル先生に誘いをかけよう――。

一通り打ち合わせをして、ベッドに戻る。

いろいろな疲れもあって、僕はたちまち眠りに落ちた。


しかしこの夜は、それだけで終わらなかった。夢の中にまた『記憶』が現れたのだ。

『サービスだ。また一つ、小僧に料理を授けてやる。一度しか教えないので、しっかり覚えるように』

宣言して、こちらの言い分も聞かず実演を始める。

お陰でまた、さっぱり睡眠をとった気のしないまま、目覚めを迎えた。

教えてもらった料理を見直すと、確かに今の状況でありがたいのだけど。

……こちらの都合は考えてほしい。

9 赤ん坊、実験をする

そのため、朝早く予定外に兄と打ち合わせをしなければならなくなった。

朝食前の時間、不本意ながらわがまま不機嫌にぐずる赤ん坊を演じて、ベティーナを困らせる。

ぐず泣きしながら何度も兄の部屋の方を指さしてみせると、困惑しきりの顔で連れていってくれた。

迎えた兄はすぐに事情を察して「俺が機嫌とるから、ベティーナは食堂に少し遅れると言ってきてくれ」と子守りを追い出してくれた。

打ち合わせ内容は朝食時にランセルと話して、昨日話した今日の予定に加え、昼食に向けて新しい料理の準備をしてもらうことだ。

内容自体は複雑ではないので、兄はすぐ飲み込んで朝食に降りていった。

午前の勉強の時間には、いつも通りベティーナに抱かれて勉強ごっこの態《てい》で割り込む。

まず武道部屋でザムに朝の挨拶をしていると、当然ながらベッセル先生はオオカミの姿を見て仰《ぎょう》天《てん》していた。

「野生のオオカミが人間に懐くなんて。しかも赤子の前で直立不動なんて、聞いたことありませんよ！」

「まあ……ルートとザムが特殊なんだと思います」

「特殊で片づく問題ですか？」

こんな程度で仰天されていても、話は進まない。

黒小麦のパンの改善に成功したこと、ゴロイモの扱いについて今日実験したいことを兄が告げると、先生はその一つ一つに感嘆してくれた。

「ゴロイモの調理法ですか。いや、ぜひとも参加させてもらいたい」

「では、今日はこちらで昼食を用意させますので」

ちなみにベッセル先生は、この一年あまり村の老夫婦の家に下宿しているらしい。

家庭教師就任の際、この屋敷に住むよう提案されたのだが、夜遅くまで読書や研究をすることが多い生活なので子どもがいる家は迷惑をかけるかもしれない、と辞退したそうだ。

先生は南方の貴族の五男坊で、家にいても身を立てる当てがない。王都の大学で学んだ後、研究者として生きていくことにした。数年に一度は成果を出さなければならない縛りつきで、大学から多少の補助を受けているという。

研究対象は古くからの農村の生活に関してということで、この教師職と下宿先は願ってもない好条件。それに最近兄が提起したこの領地の問題も、その研究の一環として大いに興味惹《ひ》かれるということだ。

そのあたりを踏まえて、僕らはこの先の話の展開にもっと先生を巻き込もうと企《くわだ》てた次第だ。

午前中のカリキュラム終了後、兄は先生を食堂に招いた。当然のように、僕を抱いたベティーナもついていく。

加えて、前日に話をしてある執事のヘンリックと料理人のランセルも集結していた。

「すでに話しているように、今日はゴロイモについて実験をしてみたいと思っています。具体的には、ゴロイモの毒のある場所について、今はただ中央より外側に近い方とだけ考えられていますが、もっと絞ることができるのではないかと私は推測しています」

先生を招いての学術研究という体裁《ていさい》なので、兄はいつもより口調を改めている。

「ゴロイモを切断すると、将来芽が出るはずの部分が少し紫っぽく色づいていることが分かるんです。私は、この部分が毒のある箇所だと推定しています」

「うーん」軽く、ベッセル先生は唸《うな》った。「目の付けどころはいいと思うんですが、そんなあからさまなものなら、もっと以前に誰かが特定している気もしますね」

「問題は、この国でのゴロイモの価値の低さだと思うんです。ほとんど売り物になるとさえ思われていない、売れたとしてもまるでゴミと変わらない値段。毒があるからという印象からそうなっているんでしょうけど、逆にそういう価値の低さで、今までは真剣に毒について研究する人がいなかったのではないかと。調理に使うとしてもただみたいなものなんですから、いくら無駄が出ようが気にする人はあまりいない。この価値について真剣に考える必要があるなど、たぶんうちの領地の者だけなんじゃないかと思うんです」

「ああ……そういう可能性は、考えられるか」

「まあその辺の理由なんかはともかく、私の推測を実験で確かめることはできます。ここに、野ウサギを二羽用意しました。そして、うちのキッチンで捨てられるはずのゴロイモの断片が大量に。これを、一羽の野ウサギには芽の部分を中心に食べさせ、もう一羽には芽を除いた部分を食べさせて、その後の様子を見る。片方が毒に中《あた》るか、両方か、それで結果が得られる。ということで先生、どうでしょう？」

「――うん。確かに、その結果を見れば推測の真偽は出ることになりますね。ゴロイモの毒の影響は、かなり早く出てくるらしいし。二刻も見ればいいんじゃないですか」

「はい。じゃあ、そういうことで。ランセル、頼む」

「へい」

ランセルは二つのボウルを持ってきて中身を見せ、兄の言った通りのものになっていることを、立会人に確認をとった。

それをそれぞれ二つの野ウサギの籠に入れると、昨日生け捕りにされてから何も食べていない二羽は、ものすごい勢いで食らい始める。

「実験だけなら私一人でも、ランセルだけに協力してもらってでもできるけど、この結果はできるだけ広めたいので、今日はヘンリックと先生に立ち合ってもらいました。実験結果を待つ間、ついでにもう一つ、このゴロイモを使った新しい料理があるので、調理法と味を見てもらいたいと思っています」

「新しい料理？」

「はい。ランセル、用意はできているかな」

「へい。言われたものは、とりあえず」

「じゃあ、これから言う通り、調理してくれ」

ということで、全員で厨房《ちゅうぼう》へ移動。

用意しましたのは、ゴロイモを茹《ゆ》でて潰したもの、野ウサギの肉を細かく刻んだもの。その他に、黒小麦粉、黒小麦のパンを乾かして細かく砕《くだ》いたもの。あとは、塩と油。

ウサギの挽肉《ひきにく》は、軽く炒《いた》めて塩味をつけます。

それをゴロイモのマッシュと混ぜて、さらに軽く塩。

それを手にとって丸め、掌《てのひら》より少し小さい楕円形《だえんけい》の板状にまとめます。

小麦粉を水に溶いたものを全体につけ、パンを砕いたものをまぶしつけます。

ちなみにここで『記憶』の説明では、

『本当なら溶き卵をつけるんだが』

と、悔しそうに言っていた。ついでに、

『これを作るとき、卵がないとできないなんてぬかす奴《やつ》もいるが、何贅沢《ぜいたく》言ってやがる、物なし生活を舐《な》めんなよ！』

と、だんだん激高したり。

いったい、何と戦っているんだ、あの人……。

閑話休題。

少しパン粉を落ち着ける間、鍋に油を熱します。

油にパン粉の粒を落として、じゅうと浮かんできたら、頃合い。

楕円形の作品を、思い切り油に投入しましょう。

キツネ色（？）に揚がったら、出来上がりでございます。


「何ですか、これ？」

「変わった、食感ですな」

「え、サク――熱ッ――熱、熱ッ――でも、おいしいですぅ」

「こんな、ただのゴロイモの固まりみたいなのが、こんなおいしいなんて……」

調理をした本人を含む四人が口々に感嘆し、兄に視線を集中する。

その当人も、皿に載せられた一個をナイフを使う間も惜しんだフォークだけ使いという作法に外《はず》れた所作《しょさ》で、たちまち口に収めてしまっていた。

「もぐ――上出来《じょうでき》ですね。『コロッケ』というそうです」

「中身はただの茹でたゴロイモ、この地では食べ飽きているぐらいのものなのに」先生が、首を傾《かし》げた。「何でこんなに、衝撃的な味になるんだろう」

「どうも、ゴロイモは油と相性がいいみたいなんです」

「ああ」ベティーナが声を上げた。「油を吸った黒小麦粉の皮に包まれているからなんですね。それにそのせいで、外と中の食感が変わって、面白い食べ心地です！」

「それが狙いの調理法らしいな」

「野ウサギ肉の風味も効いていますな」

ちなみにこの点、夢の中の『記憶』は、

『ジャガイモと油の組み合わせは悪魔のアンサンブルだ。たいていの者がたちまちヤミツキになる』などと宣《のたま》っていた。

さらにちなみに、ここに集《つど》う者たちの中で、そのアンサンブルを体感できないでいるのは僕一人だ。

何しろ乳離れできていない身で、中の茹でイモ部分だけならともかく、外の油まみれパン粉は到底お腹《なか》が受け付けない。

味に狂喜する人たちをただ傍観《ぼうかん》するのは、そこそこ苦行《くぎょう》だったりする。


「先生とヘンリックは王都の食もかなり経験があるはずなので、ぜひとも今日はこれを試してみてほしかったんです。これ、たとえば王都の食堂のメニューに出したとして、通用するでしょうか」

「うん……十分通用するんじゃないですかね」

「こういう衣を使った料理は、今までなかったと思います。新鮮に受け入れられるんじゃないでしょうか」

「うん、よかった。そういうことなら、将来的にこの料理を王都や他の地域に売り出すことを、ヘンリックと相談したかったんだ」

「なるほど、考慮する価値はありそうですな」

「あの、あの――」

ベティーナが、ちょっと顔を赤くして手を挙げていた。

「これ、ちょっとお行儀悪いですけど、少し冷めたら子どもが手に持っておやつにできそうです」

「おお」珍しくヘンリックが、興奮気味に目を丸くした。「なるほど。そういう観点なら、売り出し方の可能性が広がるかもしれませんな」

「どういうことだ」

「料理店のメニューとしてだけでなく、持ち帰り用の軽食としての売り方もあるかもしれません。ベルシュマン男爵家といたしましては、今のところ王都で料理関係の店にそれほどツテはありません。そちらに渡りをつけるよりも、小規模な小売店でそういう軽食としての売り方の方が、実現までの障害は少ないと思います」

「場合によっては王都でけっこう見られる、屋台《やたい》などの形式をとるのもアリかもしれませんよ」

ヘンリックの意見に、ベッセル先生も私見を加えた。

そこへ、「あの」とランセルが遠慮がちに口を入れる。

「この料理、使っているのがこの辺の特産物ばかりで材料は手に入りやすいと思うんすが、作っている身として、塩と油が高価なので、こんなたっぷり使うのがもったいない気になってしまうすね」

「塩と油、ですか」ヘンリックが顎《あご》に手を当てる。「塩は何とかなるかもしれませんが、油はとにかく見たところ大量に使うようなので、その辺検討する必要があるかもしれませんね」

「それにしても、今行っている実験が成功すれば、ゴロイモは大量に使用できる目処《めど》が立つわけですから。ある程度その辺、相殺《そうさい》できるかもしれませんよ」

先生の発言をきっかけに、さっきの野ウサギを確認することになった。

食堂に戻ると予想通り、芽の部分を食べた野ウサギが動きを失っていた。

もう一方の一羽は、きょときょと元気に歩き回っている。

「ウォルフ様の推測で、まちがいないことになりますね」

「つまりゴロイモは、皮をむいて芽の出る部分だけほじくりとれば、あとは食べられることになる。ランセル、そうなると、食べられる量はどれだけ増えることになる？」

「だいたい、ですが。今の十倍の量は使える、ということになる、す」

「にわかには信じられないほどの違いですな」ヘンリックは頷《うなず》いた。「これだけでも、領内の食糧問題は余裕で解決します。買い手さえいれば、ゴロイモを外へ売りに出したい気がするほどです」

「そこで、なんですが。この実験の結果を、論文とかそんな形で世に広めることはできないでしょうか」

兄が先生の顔を見て問いかける。

話を振られた先生は、うーん、と腕を組んだ。

「論文自体は可能で、中央の大学では常時そのような実績を募《つの》っています。しかしもともとゴロイモはあまり国民の関心がない食材ですからね。それでどれだけ広まるかは、心許《こころもと》ないところです」

「その論文提出とさっきのコロッケの知名度の高まる時期が近ければ、それなりに広まる可能性が高まらないでしょうか。まあ都合のいい期待なんですけど」

「なるほど。その学問的な取り組みと通商的な方策の、足並みを揃《そろ》えたいと。そのために今日の実験に、私とヘンリックさんを同席させたわけですか」

「正解です」

肩をすくめて笑う兄に、先生は背中をぽんと叩《たた》く励ましを送る。

「私の方もそろそろ一度、この地での風俗研究の結果を出さなければならないところでしたのでね。面白い題材として使えそうです」

「こちらも、昨日に続いて旦那様に鳩便《はとびん》を送らなければならない事案ができてしまいましたね。連日で驚愕《きょうがく》の情報を送られて、旦那様が目を回す様子が目に浮かぶようです」

最近知ったけど、この地と王都を結ぶ緊急の通信手段は、伝書鳩《でんしょばと》だったらしい。ちなみに、手紙に使うのは木の皮を薄く延《の》ばしたものだ。獣の皮を使った紙は、恐ろしく高価なので。

話題のついでにヘンリックは兄に、昨日の塩湖の件で父から調査許可の返事がさっき送られてきた、という報告をしていた。

ただしこれはまだベッセル先生にも詳細を話せないものなので、言葉を濁《にご》した言い方になっている。

それでも内輪話と気づいたらしい先生は、さりげなくそちらを離れて、厨房で仕事を再開したランセルの方に視線を送っていた。

そのうち、

「あれ、それ？」

何か目についたらしく、「失礼」と料理人の少し横手を覗《のぞ》き込《こ》んだ。

「これ、セサミじゃないですか」

「何ですか、セサミって」

ベティーナも向こうよりこちらに興味惹かれたようで、近づいていった。

その抱かれた胸元から見ると、先生が覗いている小さなボウルの中身は、けっこうな量の黒い小さな粒々《つぶつぶ》だった。

「知りませんか？　まああまり知られていないかもしれませんね。西の隣国ダンスクの名産で、こちらでは高価な貴重品なんです。単独で食べられることはほとんどないけど、食品に独特の風味をつけるそこそこ高級な食材らしいですよ。こんなところにそんな珍しいものがあるとは思えないんですが――ちょっといいですか？」

ランセルに断って、先生はボウルの上に鼻を近づけた。

あ、と少し考えて思い出した。あれ、この間採ってきたツブクサの種だ。

「私も一度しか見たことはないんですが、かすかな香りは似ているかもしれませんね。ただこれ、潰したりしないとあまり香りは立たないということなんですが――」

「潰して確かめてください。ランセル、何か棒とか、潰す道具ないか？」

気負い込んだ様子で、兄が近づいてきた。

少しの量を小皿にとって、そういう用途のものらしい木の棒をランセルが持ち出してくる。

「ああそれなら、先に少し煎《い》った方がいいかもしれません」

「分かりました」

先生の指示に従って、ランセルが動く。

そうして木の棒で潰した粒を覗き込み、「へええ」と兄が呟《つぶや》いた。少し離れても、香りを感じたようだ。

先生は改めて手に取った小皿を顔に近づけて、

「ああ、たぶんこれでまちがいないと思います。しかしそうだとすると、何でここにセサミがあるのでしょうね。この近くで採れたのですか？」

「森の近くに、いっぱい生えているんです」

「はあ？」

思いがけない話に、隠すことにも気が回らなかったらしく、兄は正直に答えた。

それに、先生はぽかんと目を丸くしてしまっている。

後ろから近づいてきたヘンリックも、訳分からない困惑顔だ。

「それは確かな話なのですか？　そんな大量に採れるものが、高級食材？」

「先生はたぶんまちがいないと言っているし、これは確かに、いい風味と呼んでよさそうな香りだ」

先生から受けとった小皿をひと嗅ぎして、兄は執事に渡す。

それから順に、ランセル、ベティーナと手渡しされ、ようやく僕も嗅ぐことができた。

「香りは確かに、貴重な食材と言われても不思議ない気はしますな」ヘンリックは頷いた。「しかしこの近辺で群生しているような植物がそんな高価で貴重と言われるなど、どうも納得いきません。本来なら収穫量が少ない、栽培が難しい、などという理由で貴重とされるわけで。この粒がセサミでまちがいないなら、こちらで群生しているという方が誤った認識なのではないでしょうか。たくさん生えているように見えるのは似た別な植物で、このセサミはその一部だけであるとか」

「そこは、もう一度調べる必要はあるだろうが――」

兄が考えながら応えた。

このツブクサを採取してきたときの状況を、思い返しているのだろう。

「しかしディモの知識でも同じ一種類の植物ということらしい。それにここにあるのは、そこから別に特別に選んだわけでもなく二本抜いてきたものだ」

「それなら、あまりまちがうことはなさそうですね。ところで一つ押さえておかなければならない点がありまして、セサミはダンスクの名産ということが知られているだけで、かの国でどういうふうにどれだけの量が採れているか、こちらで知る者はいないはずなんです。おそらく価格設定も生産量を考慮したものではなく、言ってみれば向こうの『言い値』に近い実態かもしれません」

ベッセル先生の説明に、兄とヘンリックは丸くした目を見合わせている。

「そんなものなのですか？」

「それともう一つ重要な点なんですが、ここの土地は山を挟んではいますが、ダンスク北部の隣と言える位置で、気候なども似通っているのです。たとえば風に運ばれてきた種が根づいたとしても、まったく不思議はない」

「ああ」

「つまり、ダンスクの名産作物がこの地で人知れず群生しているという可能性は、まったくないとも言えないと思います」

「そうですか」

二度三度、ヘンリックは頷いている。

そんな話をしているうちにすっかり遅くなってしまったが、兄と先生は一緒に昼食をとることになった。

話の名残を引っ張って、ヘンリックはそのまま兄の横に控えてつき合っている。

兄に「ルートをその辺で遊ばせておけ」と言われたベティーナも食堂の隅に残って、つまり僕はその後の会話を聞き続けることになった。

まず、そこに出された天然酵母黒小麦パンに、やはり先生は仰天していた。

「確かにこれは、王都の白パンを超えているかもしれませんね。こんな柔らかさ、経験したことがありません」

「そうですか、やっぱり。これで黒小麦が見直されるようになればと思っているんですが」

「ただやはり、民衆には固定観念というものがありますからね。これを店に並べたとしても、黒小麦というだけで敬遠されるかもしれません。王都に売り込みをかけるとしても、少し長い目で焦らず考えるべきと思います」

そこへ、皿を運んでキッチンから出てきたランセルが「ちょっといいすか」と話しかけた。

「ちょっと考えたんすけど。コロッケをこの黒小麦パンを薄く切ったのに挟んだ軽食の形で売り出すっていうのは、どうすかね」

「あ、それ、おいしそうですう」

即座に、ベティーナが反応する。

先生もヘンリックと目を合わせて、頷いた。

「なるほど、いけるかもしれませんね。コロッケとパン、両方ともこの領の特産として印象づけるのによさそうです。ただし、欲張って両方を狙って失敗するというのもよく聞く話ですし、さっきも言ったようにパンは黒小麦というだけで敬遠されることも考えられます。まずコロッケを前面に出して、単独の販売とパンに挟んだもの、別々に店に並べるという方法もいいかもしれません」

「王都の人には、どうしても黒小麦は貧乏くさいという印象ですからな。最初の一口を試してみるまでに抵抗が強いと思われます。かといって、コロッケの皮の材料は秘密にしたとしても、パンの材料は隠すわけにいかないでしょうからな」

「だな。見た目黒っぽいパンだというのは事実で、隠しようがない」

二人の意見に、兄も頷く。


その後、帰っていく先生を見送ると、曇天から白いものが舞い落ち出していた。

もう時間がないということで、明日天気が崩れなければ村の者を集めて塩湖を調べに行く、とヘンリックが告げた。

ついでにできるだけオオカミの状況を調べたいというのと、今日の結果から、その帰りにセサミの生育を調べることが加わった。

重要な目的ばかりなので、ヘンリックが陣頭指揮《じんとうしき》を執《と》る、という。

「ウォルフ様は、森へ行くの禁止ですよ。ましてやルートルフ様を連れていくなど、とんでもない」

機先を制して、釘《くぎ》を刺されてしまった。

確かに調査対象ははっきりしているので、あとは数に任せて頼んでしまっていいだろう。

洞窟までの詳細な地図を描《か》いて渡すということで、兄はヘンリックと打ち合わせをしていた。

なお、明日は月一回、南の侯爵領から医者が出張診療に来る日だという。

母と僕の定期診断、あと領民に体調を崩している者がいたら領主邸に来てもらう。

ヘンリックが家を空けるので、兄はイズベルガと共にその段取りを仕切るように言われて、やる気を見せている。

僕はと言えば。自分がまだ定期検診を受けなければならない乳児だということを思い出して、妙に呆然《ぼうぜん》とした心持ちになっていた。

玄関先でそんな話をしていると、外からザムが入ってきた。すぐ後ろに、ウェスタが付き添っている。

しばらく一人と一匹の姿を見ていなかったが、外に出ていたということらしい。

「外に行ってたのか」

「ザムが出たがっている様子だったので、庭を散歩させていたんですよ。庭をうろつくのは構わないけど村の方には行かないようにって、教え込んでいました。外に出ても大人しくて聞き分けのいい子でしたよ」

兄の問いに、ウェスタがはきはきと答える。

「そうか」と頷いて、兄はザムの頭を撫《な》でた。

「聞き分けよくしてたんなら、偉かったなザム」

「ザムの足、ずいぶんよくなったみたいですねえ」

僕も手を伸ばすので、頭に届くように屈《かが》み込んで、ベティーナはウェスタを振り返った。

「ええ、庭を歩いても、もうほとんど浮かせていないみたい」

「昨日の傷の具合から見ると、少し驚きの回復ですな」

「だな。昨日の夜はやっと血が止まったかってだけだったのに」

「この辺が野生の獣の力なんでしょうか」

ヘンリックと兄は、しきりと首を傾げている。

しかし確かに、ザムの右足は痕が残ってはいるもののすっかり傷口が塞《ふさ》がって、引きずる素振りを見せていない。

そのザムは、話が聞こえているかのように得意げな顔をもたげて、ベティーナの足元に全身を、というより背中を、擦《こす》りつけていった。

「え、え？　わたしに何かしてほしいの？」

「珍しいねえ、ウォルフ様とルートルフ様にしかあまり身体を触られたがらないのに」

「ということは、ルートに触ってほしいってことじゃないのか」

「あ、というより、ルート様に背中に乗ってほしいとか？」

ベティーナの問いに、ザムは肯定の意思を表すように「ウォン」と小さく吠《ほ》えた。

僕も興味惹かれて、その背中に向けて手を伸ばす。

「でもお、危なくないでしょうか」

「俺たちが横についていれば、大丈夫だろう」

「それじゃあ……ザム、乱暴に動いちゃダメですよ」

ベティーナの抱き下ろしに兄も手を貸して、僕はザムの背に跨《また》がらされた。

後ろ足で立たせて頭が兄の腹くらいになるザムの大きさは僕の『お馬さん』にちょうどで、思った以上に収まりがいい。

さも嬉《うれ》しそうに悠々《ゆうゆう》とザムは歩き出し、その首に摑《つか》まって僕もご機嫌で足をぱたぱたした。

玄関ホールを一回りして、みんなの喝采《かっさい》を浴びて。

しかしそこで、兄は僕を抱き上げた。

「ルートを乗せて大丈夫だとは分かったけどな。しかしザム、今日はもう無理するな。今度は、ちゃんと足が治ってからだ」

分かった、とばかり「ウォン」と返事があった。


その後は、ウェスタに昼食をもらって、僕は兄に抱かれて部屋に上がった。

自分のベッドに僕を座らせて、兄は大きく息をついて椅子に腰を下ろす。

「何とか、もう一つ課題をこなしたな。ゴロイモの実験成功は大きい。しかもツブクサのことまで分かって、さらに大きな収穫だ」

「せさみ」

「ああ、セサミと言ったな。それが？」

「あぶら、とれるかも」

「そうなのか？」

「つぶして、しぼる」

「そうか。それがコロッケの油とかにも使えるかもしれないんだな」

「ん」

「そういうことなら、それもぜひとも実現したいものだ」

「ん」

ここのところ、運がよすぎるというくらい、やることがことごとくうまくいっている。

領民の餓死はまず防げそうだ。

塩やセサミ、パンやコロッケを売り物にして、借金返済に結びつけられるだろうか。

「中でも、塩湖の発見は大きそうだな。塩を売り出す目処が立てば、きっとずっと続く大きな収入になる」

「……ん」

「何だ、何か気になるのか？」

「えんこ」

「うん」

「なぜ、みつからなかった」

「ん？　ああ、何故《なぜ》これまで見つからなかったか、か。まあ不思議ではあるな。あの洞窟の入口から、そんなに遠くなかったものな」

「ん」

「やっぱり昨日も話し合ったみたいに、オオカミが多いところで人が近づかなかったってことじゃないのか」

「でも、おおむかしから」

「まあ、あの湖は大昔からあったんだろうな。それで、この土地に人が住むようになってからでも何百年、か。その間に、誰かが見つけていそうなものじゃあるよな。それでもまあ、昔の人はもし見つけても、塩の湖なんか役に立たないと、そのままにしていたのかもしれない」

「……ん」

役に立たないと考えて大きく広めないにしても、何か記録に残すくらいはあってもいいのではないだろうか。

まだ見つけていないだけで、どこかにそんな記録は残っているのかもしれない。

「何を気にしている?」

「となり……だんしゃく」

「ああ、ディミタル男爵か。それが?」

「りそくかわり、あのもり」

「借金を返済できなければ、利息代わりとしてあの森を含む土地を渡す――って、何だ? ディミタル男爵が、そんな塩湖があることを知っててそんな条件つけてきたって言うのか?」

「……かも」

「確かに、塩湖の水が金になることに気がついていれば、そんな条件を考えたかもしれない。しかし、何かなあ。そんなまどろっこしいこと、するかな。あの洞窟だけを手に入れたいなら、他にやり方がある気がするぞ」

「……ふめい」

「まあ、どっちにしてもよく分からないけどな」

確かに、ただここで考えていても、埒《らち》が明きそうにない。

その後は話題を軽くして、ゴロイモの他の利用のしかたや王都での売り出し方など、とりとめない話を続けた。

次の日は医者の出張診療で、お互いいつもとは違う気遣いをすることになりそうだ。

今日の疲れを残さないように早く寝よう、と申し合わせた。


最近では兄の夕食時に食堂で遊ばせてもらう形で、家人のみんなと交流することが多くなってきている。

母の健康回復の兆《きざ》しから、夕食後の面会も前より長時間とれるようになり、ゆったり抱っこしてもらえる時間が増えた。

やっぱり母の抱っこは格別で、兄やベティーナには申し訳ないが、心地よさダントツナンバーワンだ。これからもこの時間が増えたら、と心から願う。

夕食の時間にベティーナから、僕の部屋の暖房をもっと考えたい、という提案があった。

食堂や母の部屋には暖炉が設置されていて終日弱めながらも火を絶やさないのだが、他の各自の部屋には火鉢のような暖房器具を必要に応じて持ち込むらしい。

とは言えこの家は、すでに赤ん坊の僕でさえ身に染みているほどの極貧《ごくひん》生活だ。暖房費も極力《きょくりょく》抑えたい。

その事情は承知の上で、それでも赤ん坊を冷たい布団に入れるのは悲しい、というベティーナの言い分だった。

「それなら、ルートを俺の部屋で一緒に寝かせればいい」

そこへ兄が事もなげに提案して、一同が目を丸くした。

貴族の子どもは一人ずつ部屋を分けるのが常識、と考えられているのを覆《くつがえ》す提案だというのが、一点。もう一つは、

「ウォルフ様、ルート様への態度が清々《すがすが》しいほどひっくり返りましたねえ」

歯に衣《きぬ》着せないベティーナの感想が、衆目《しゅうもく》一致の思いだったようだ。

何しろ、半月ほど前までは、顔を合わそうともしていなかったのだから。

「暖房費節約を考えているだけだ」

ぶす、と兄は鼻を鳴らした。

使用人一同は微笑《ほほえ》ましい様子で、それに異を唱えることはしなかった。

貴族の常識云々《うんぬん》よりも、ここでは節約の方が重要なのだ。

もちろん優先順位は外への見え方から考慮されるが、子どもの就寝状況などほとんどその点では問題にする必要はない。

僕の面会時に一度兄も顔を出して、その提案は母にも了承された。

というわけで、母の部屋から出てきたベティーナが食堂で僕を兄にバトンタッチしていると、裏口の方からウェスタが困惑顔で入ってきた。

「申し訳ありません、ウォルフ様」

「どうした」

「裏口の戸締まりをしていたら、その隙にザムが外に出ていってしまいました」

「そうなのか」

ふーむと考え、ちらとだけ膝の上の僕の顔を見る。

小さく頷き返すと、兄も頷いた。

「いや、もともと野生の動物なんだから、気にすることはないだろう。その気になれば戻ってくるだろうし、外で凍えることもないと思う。そのまま戸締まりしてしまっていいぞ」

「かしこまりました」

ただ一つ気掛かりなのは、村里に侵入して騒ぎを起こすことだが、ザムが一度言い聞かされたことを破る心配はない気がする。

それでなくてももう農民たちは寝ついている時間で、これより遅く出歩く者がいる可能性はほぼないのだ。

その夜は初めての出会いの二夜以来三度目、兄のベッドでひっついて眠ることになった。

何となく気恥ずかしい思いがないでもないけど、まちがいなく温かくてぐっすり眠ることができた。


朝はベティーナが二人一緒に起こしに来て、そのままそこで僕の着替えをする。

食堂がいちばん暖かいので、その後は兄と一緒に降りていく習慣になった。

降りていくといちばんに、ウェスタが「ザムが戻ってきた」と報告してきた。

「朝起きたら裏口のすぐ外に座ってて安心したんですけど、びっくりしてしまいました。口の周りや胸のあたりや、血だらけなんですもの。怪我《けが》しているわけではなかったので、ほっとしましたけど」

「つまり、他の何か野ウサギとか動物を食った痕なんだろうな」

「だと思いますね」

「なるほど、夜間外出の理由は、森へ狩りにいくことだったわけか」

この二日間のザムの食事は、野ウサギの内臓の他にゴロイモを与えても食べることが分かったので、その二本立てになっていた。内臓に限りがあるのでイモだけになっても、不満の様子はなかったという。

勝手に好意的に解釈するとこれは、肉の調達は自分でやるからふだんはイモだけでもよい、という彼の意思表明なのではないかと思う。

屋敷の裏手からは少し低地に降りて幅のある川を挟み、森に繋《つな》がっている。

その川があるせいとほとんど道がないので、人がこちらから森に行くことはないし野ウサギが侵入してくることもないのだが、ザムはそこを通り抜けることができるのだろう。防護柵のあるところを乗り越えるよりは、彼として現実的に思える。

ウェスタに血を拭ってもらって、今は武道部屋の寝床で満足げに丸まっているそうだ。

とにかくも傷が治りきらないせいか他に理由があるのか、ザムは一時的に森に出かけてもこちらに戻ってくる心積もりらしい。

子どものオオカミ一頭の行動で野ウサギの数などに大きな影響が出るとも思えないので、好きにさせておいていいのだろう。

「これからも、あいつが出たがるようなら勝手に外に出してやって大丈夫なんじゃないか」

兄の結論に、一同頷いていた。

念のため後で確認しても、村の方で騒ぎを起こした形跡はまったくなかったので、安心した。


この日は予定通り、いつもと違うスケジュールになっていた。

屋敷では、昼前に到着予定の医者の出張診療に向けて、準備を進める。

ヘンリックは、森の調査のため村に向かう。

ベッセル先生の家庭教師は、休みということにしている。

村民たちの診療のため武道部屋を使うので、ザムは二階の僕の部屋に避難させた。

朝の九刻過ぎ、初老の医者と若い男の助手の二人連れが到着した。

隣の領地から馬車で六刻ほどの道のりだということで、早朝に向こうを発《た》ってきたらしい。

まず、寝室で母の診療。続いて、僕もそこへ連れていかれて検診を受けた。

かなり貧血症状の改善が見られる、と診断を受けたということで、母が明るい様子になっているのが嬉しい。

その後は、昼食を挟んで村民たちの診療だ。

兄もイズベルガやベティーナもその差配《さはい》に駆り出されているので、僕はその間、母の寝室で胸に抱かれて待機することになった。

思いがけない、至福《しふく》のひとときだった。

この居心地を思う存分堪能しようと思いながら、あまりの快適さに久しぶりの昼寝を満喫することになってしまった。ちょっと、無念だ。


夕方、医者一行を見送る。

兄の夕食が始まる頃になって、ヘンリックが帰宅した。

今日の報告をまとめて聞きたいと、夕食後、兄とヘンリックは一緒に母の部屋に呼ばれた。僕のことも、兄に抱いてくるようにという指示だ。

母は長椅子にかけていて、兄が抱いてきた僕を嬉しそうに受けとった。

「少し前までルートルフの抱っこもすぐ疲れてしまってたのに、今はこうして心配なくできるの。ウォルフやヘンリック、みんなのお陰ね」

「ここしばらくのことは、ほとんどみんなウォルフ様のなさった成果です。使用人や領民たちもすっかり明るさを取り戻しています」

「そう。ウォルフ、本当にお手柄《てがら》ね。母は本当に誇りに思います」

「ありがとうございます」

母とヘンリックからの賛辞に、兄は決まり悪そうに会釈《えしゃく》を返した。

ちらとこちらに寄越《よこ》した視線は、僕への気遣いなのだろうけど。

僕のもらう褒賞《ほうしょう》としては、もうこれで十分なのだ。

別に、賛辞などいらない。たとえ褒美としてお金や食べ物をくれるといっても、今の僕には何の足しにもならない。

そんなものと比べるべくもない、母の抱擁《ほうよう》の心地よさ。これに勝《まさ》る至福などあり得ようか。いや、ない。

僕がほとんどとろとろと夢の世界へ溶け込もうとしている中、二人の報告が始まっていた。

「母上とルートルフの検診に続いて、希望していた領民の診療はすべて終わりました。例年の同時期に比べて具合の悪い者は少ない、栄養状態もいいようだ、という医者の先生の感想でした」

「よかったわ。これも、ウォルフたちの食料改善の働きのお陰ですね」

「森の調査は、予定の項目を終わらせました。まず、ウォルフ様の地図通りに洞窟を見つけ、塩湖の存在を確認しています。持参した樽《たる》五つ分の塩水を持ち帰り、これから塩を取り出す研究を始めます。王都の旦那様が、南の海での製塩の方法について、今調べてくださっているはずです」

「よかったわ、ちゃんと見つかって」

僕を抱いている両の掌を合わせて、母は祈るような表情になった。

やはり兄を疑うつもりはなくても、無事塩湖が見つかるかはみんな案じていたのだ。僕と兄でさえ、ザムとの出会いと塩湖との遭遇は、未《いま》だに現実のものだったか信じ切れない心持ちなのだから。

「それから、往復の道筋とその洞窟の周囲をかなり調査してみましたが、オオカミの姿は見つけられませんでした。同行した猟師のディモの話では、近年としてあり得ない状況だということです。正確に数えたことはないが、例年通りなら数十頭単位で生息しているはず、ということで」

「やっぱり、オオカミの減少は現実のものと考えるべきか」

この報告には、兄が険しい顔で応えた。

それに、さらに深刻な顔でヘンリックは返す。

「由々《ゆゆ》しき事態と言えます。もしもオオカミが壊滅《かいめつ》状態とするなら、森の中の自然の調和が崩れかねないという。具体的には、最近ウォルフ様たちの頑張りで野ウサギを二百羽以上狩ることができたわけですが、ディモの話ではそんな減少は一冬経《た》たないうちに元に戻ってしまう、放っておくと来年の夏から秋頃に野ウサギの大発生が起きても不思議ない、ということです。

とにかく、野ウサギは繁殖力《はんしょくりょく》の強い動物ですから。それがこれまではオオカミに食われる分と帳尻《ちょうじり》が合うようになっていたのが、一気に反動を見せることになるだろう、と」

「大変じゃないですか」

「何か、対抗策はないのか？」

「ディモの話では、難しいと。冬の間に、おそらく今の数倍の数に増えている。それから狩って数を減らそうとしても、おそらく追いつかない。事実上あのすばしこい野ウサギを狩れるのは、ウォルフ様とあと数人の猟師だけという現状ですから」

「というと、その増える前。今のうちにできる限り数を減らしておくしかないか」

「それも無理です。先ほどからまた、雪が降ってきました。雪が積もってからの森での狩りは危険すぎます。それより何より、野ウサギが出歩かないようになるので、狩りに行ってもほとんど無駄足にしかならないそうです」

「じゃあ、もう手遅れだというのか？」

「ディモには、打つ手の見当がつかないということです。旦那様とも相談して、何か野ウサギを減らす方法を他に探すしかないでしょう」

「うーむ……」

「私も昔の知り合いや文献を当たるなど、何とか模索してみます。しばらく猶予をいただきたいと存じます」

「……他に、仕方ないか。くそ、オオカミの影響がそんなに大きいと知っていたら、もっと野ウサギを狩っておくんだった」

「ウォルフ、無理はいけません。あなたの身体の方が大事ですよ」

「……はい、母上」

三人ともに、ほうと息を整えて。

少し口調を改めて、ヘンリックは続けた。

「もう一つの件、セサミですが、やはりあの防護柵の周辺に群生している草がすべてあの黒い種を持っていると見て、まちがいないようです。本格的に雪が積もる前にすべて採取するよう、村の者に指示をしておきました」

「よし、それは朗報だな。一説には、セサミから油が採れるらしいという。大量に採取できるなら、そちらも試してみたい」

「でも、そんなに今全部採取してしまって、来年以降は大丈夫なのですか」

「ディモの話では、以前畑の傍《そば》で邪魔だったその草を、一斉に刈り取って燃やしてしまったことがあるが、次の年にはまた同じくらい生えてきた、ということです」

「そう、それならよかった」

一息ついて、母はきゅうと胸に僕を抱きしめ直した。

「二人とも、今日はご苦労様でした。あと、疲れているところ悪いのだけれど、わたしの方から報告と言うか、相談と言うか、話しておきたいことがあります。今日の健康診断の結果で」

「え、何かまた、母上に悪いところでも？」

「いいえ、わたしのことではなく。ルートルフの検診結果です」

「ルートの？」

「全体としての成長に問題はないのだけれど、少し足の生育に心配があるというのです。何でも、足の骨が少し軟らかく、このままだと立ち歩きに不自由したり、曲がったりの異常が出る恐れもある、と」

「え？」

「え？」

――え？

「なんで、そんな……」

「赤ん坊にときどき見られる傾向で、一部の栄養が不足したり、日に当たる時間が足りなかったりが原因と考えられる、と」

「ああ……今年の夏は、日照不足でしたな」

「ただルートルフの場合、まだ手遅れというわけでもなく、ただちに命に心配があるわけでもない、ということです。できるだけ日に当てるようにすることと、必要な栄養を含む食材を、今から離乳《りにゅう》食《しょく》として与えるようにするとよい、と」

「必要な食材——何です、母上？」

「それが難しくて、海の魚、海藻《かいそう》、鶏《にわとり》の卵の黄身……」

「うちの領地にないものばかりじゃないですか！」

「あと、キノコを日光で干したものを使ったスープ、というのですけど。これはどこかで手に入らないでしょうか」

「キノコ……森にないだろうか」

「以前は、森で何種類か採れていたと聞いたことがございます。最近はあまり目にしないのですが、何か事情があるものか、調べてみましょう」

「お願いしますね。あと魚や卵など、王都で手に入らないか、旦那様に問い合わせてみましょう」

「そうですね」

三人、共に少しの間沈黙して。

いきなり、

「くそお！」と、兄が天井を向いて叫んだ。

「俺が、馬鹿だった。母上や領民の健康のことをずっと心配してやってきたけど、いちばん心配すべきは赤ん坊だって、当たり前じゃないか！　何を考えていたんだ、俺！」

「ウォルフ、自分を責めてはいけません」

母は手を伸ばして、兄の掌を握った。

「あなたは十分、よくやっています。母も領民も、感謝しています。ルートルフのことはあなたのせいじゃなく、わたしの責任の方がずっと大きいのです。あなたが自分を責めると、わたしは二倍悲しくなってしまいます。これからルートルフのためにどうするか、みんなで一緒に考えていきましょう」

「……はい、母上」

ぐしぐしと、兄は目を擦る。

「最近あなたがよくルートルフの面倒見てくれて、おぶって歩いてくれたりしてるの、とっても嬉しいんですよ。これからもよろしくね、お兄ちゃん」

「……はい」


母の部屋を出て、下の食堂に降りた。

僕の件については使用人一同が承知しておくべき、と言うヘンリックに、兄もついてきた格好だ。

食堂にはイズベルガも含めたいつもの顔ぶれ、つまりはこれで使用人全員が揃うことになった。

ヘンリックの説明に、全員の顔が曇る。

最も先に真っ青になったのは、ベティーナだ。

「わたし、わたし……気がつかなくて……」

「ベティーナのせいじゃない。本当ならはいはいを始めた後くらいからの変化で気がつく場合があるようだが、ルートの場合、その時期から俺が連れ出すことが多くなって、気がつくものも気がつかなくしてしまったんだ」

「でも……」

「わたしも、気がつきませんでしたよ。一ヶ月生まれが遅いうちの娘が最近はいはいしそうになってきて、ルートルフ様ならもうそろそろつかまり立ちを始めなきゃおかしいと思わなくちゃならないのに」

「二人とも、それを悔やんでいても始まりませんよ」

「イズベルガの言う通りだ。母上も言っていたが、誰が悪いじゃない。これからルートのためにどうするかなんだ。

まずは日光に当たるように散歩に連れ出す。これは、俺かベティーナが担当する。それから栄養を考えた離乳食、これをランセルとウェスタに頼む」

「かしこまりました」

「キノコ……日に干したやつ、ですか」

「ここにあるか？」

「前にはよく採れていたそうなんすが、最近は滅多《めった》に手に入らなくなってるす。確か、少しなら在庫が……ちょっとお待ちください」

キッチンに向かったランセルは、少しの間棚を探って戻ってきた。

「これ、なんすけどね。在庫はこの二個だけ、す」

「干からびた、妙なものだな」

初めて目にしたらしく、その茶色の丸く平べったいものを兄は薄気味悪そうに見た。

ヘンリックも別方向から覗き込んで、

「それでまちがいないでしょう。それを使ったスープを離乳食にするということです。明日の朝から、できますか？」

「へえ。水で戻す必要があるんで、今からやっときます」

「あとは、今後も手に入るか、ですね。手に入りにくくなっている事情は知りませんか？」

「確か……これもオオカミが関係してたような。明日、ディモに確かめてくる、す」

「頼みます」

「みんな、よろしく頼む」

思わず僕も兄と一緒に頭を下げそうになって、自重した。


兄の部屋に上がり、ベッドに座らされて。

僕はそのまま、前屈《まえかが》みに両手で頭を抱えていた。

「おい、具合悪いのか？」

「んん」

「どうした」

「はじゅかしい……」

「え？」

「じぶんのこと、わすれてた」

母や領民のことばかり考えて。

悔恨《かいこん》は、兄と似たような観点だが、立場が違う。

調べれば、分かったはずなのだ。こんな生活環境の赤ん坊が、どんな健康状態になるか。

『記憶』は基本的に、問いかけなければ情報を与えてこない。

さっき、慌てて探ると、すぐ応えがあった。

『クル病』

ビタミンDの欠乏により発症。

骨が軟らかくなって変形や成長障害を起こす。歩き始める一歳頃に発覚し、足に負荷がかかってO脚などになりやすい。

軽度の場合、紫外線（日光）を浴びること、ビタミンDを多く含む食材の摂取で、回復が見込まれる。

日光浴は冬場で一日二時間（四刻）以上程度が望ましい。

ビタミンDを多く含む食材……魚肉、肝臓、鶏卵、天日干しシイタケ（きのこ）、海藻類など。

分からない単語も多々混じっているけど、だいたい理解できた。

こちらの医者の言ったことで、ほぼまちがいないようだ。

もっと早く、気がつけばよかった。

はいはいまでは必死で習得したのだけど、その先はトレーニングをさぼっていた。

だいたい、はいはいで足に力が入らない点で、疑うべきだったのだ。

悔恨。

「自分のことって、あまり分からないものだしな。それ以上にこの半月あまり、領地のことを考えるのに時間をとられすぎた。俺のせいでもある」

「んん……」

「とにかく、これからのことを考えよう。お前の妙な知識ってやつ、この病気についてはあるのか？」

「……あった」

「今日の医者の話と、違いは？」

「いっち」

「じゃあ、方針はさっきのでいいのか。日光を浴びるのと、あの出ていた食材」

「ん」

「それとさ、日光不足が悪いって言ってたよな」

「ん」

「お前の加護の『光』、日光と同じかそれ以上の効果がある」

「ん」

「日光浴びないといけないのに、『光』を使うと身体からその効果の分が減っていくってこと、考えられないか？」

「あ」

「俺も加護についてそんなくわしいことは分からないけど、そんなことがあっても不思議はない気がするんだが」

「……ふめい」

「そうか。まあ、前にもお前、その妙な知識で加護のことはまったく分からないって言ってたものな」

「ん」

「それでもとにかくお前、当分加護を使うの禁止、な」

「……う」

「お前が特殊で忘れてたけど、そもそもふつうは一歳になる前に加護を使うのは禁じられているんだ。もしかするとこんな病気や、そうじゃなくても赤ん坊の身体にはよくないってこと、昔から知られていたのかもしれない」

「……ん」

今日が十一の月の八日目。

僕の誕生日は三の月の三十日目ということで、少し前に生後七ヶ月となっている。

一歳を迎えるのは来年の三の月の末で、ほぼ冬が終わり雪解けを迎えている時期だという。

「これまでムチャクチャ助けられて、今さら厳しい言い方も悪いけどさ、頼むから使うのやめてくれ」

「ん」

ランプを吹き消して、兄はベッドに潜り込んできた。

僕を抱えて、しっかり布団にくるまる。

「お前は絶対俺が守るからな」

「……ん」

その夜は。ときどききつい締めつけが苦しく思えたりもしたけど。

朝まで夢も見ずに、僕は熟睡した。

10 赤ん坊、散歩をする

ベティーナが起こしに来て、起床。

食堂へ降りると、料理人夫妻と執事が揃《そろ》っていた。

キノコスープの出来上がり確認が目的のようだ。

「キノコを戻した水ごと沸《わ》かして、汁だけちょっと塩味をつけました。柔らかくなったキノコを潰して入れてもいいって言うか、もっと栄養がある気もするんすが、初めての離乳食なんで、スープだけの方がいいかと」

「それでいいんじゃないでしょうか」

「ちょっと妙な茶色で、かび臭いみたいな匂いだな。こんなものなのか？」

「キノコだけなら、こんな感じす」

「うん、まちがいないなら、飲ませてみよう」

「かしこまりました」

椅子に座ったウェスタの膝に乗せられ、スープをすくった木匙《きさじ》を近づけられる。

ふうふう冷まして、口へ。

こく、と少量だけ舌から喉へ落ちる。

かすかな塩味。それほどのおいしさはないけど。

何故《なぜ》か、懐かしいような味がした。

「あ、飲めましたあ」

「よかったですね、ルート様。はい、もう一口」

不味《まず》くはないし、栄養的に飲まなければいけない、と思う。

ベティーナの歓声に応えたい、思いもある。

しかし、四口ほど飲んだ後、もう口が受け付けなくなっていた。

「うーー」

「あれ、ルート様、もういやいやですかあ」

「お乳以外で初めてだからね。まだ口が慣れないんだよ」

言って、ウェスタは匙を置いた。

続きは、いつもの母乳になる。


こちらに背を向けて、ランセルとヘンリックが話し合いをしていた。

「それでも少しでも飲んでいただけて、よかったですね。少しずつ慣れていただきましょう」

「へえ。それで、今朝早くディモの家に行ってきたんですけどね。キノコが採れなくなったの、やっぱりオオカミのせいらしい、す」

「どういうことです？」

「あのキノコがたくさん生えている場所ってのがあったそうなんすけどね、ここ数年、その近辺にオオカミが増えていて、人は近づけなくなっているそうなんす」

「そうですか。いやしかし、今年はオオカミの姿が見えないのですから――」

「ええ、ディモもそう言ってました。今年なら採りに行けるかもしれないって。ただ、数年行っていないから場所が不確かだし、昨夜うっすら雪が降ったんで、ますます分かりにくいかもしれないって。それに旬《しゅん》の季節はかなり過ぎてるんで、どれだけ採れるかは保証できないって」

「なるほど。それでも、行ってもらうべきなんでしょうね。旬が秋ということなら、雪解けを待ったらますます採れるか怪しいということでしょう」

「そうだと思います。いや、ルートルフ様のためならぜひ行かせてもらいたいと、ディモも言って――わ、びっくりしたあ！」

ランセルの悲鳴に驚いて見ると、その戸口近くに立った脇から、ひょっこり鼻面《はなつら》を突き出したものがある。ザムだ。

つつかれて驚いたランセルのポケットから落ちた、干しキノコの残りの一つ。

それに鼻を近づけて、ふんふん。それから、ザムは妙に得意げな顔を兄に向けた。

食べたい？　いや、あの顔は――。

「何だ、ザム？　――もしかしてお前、そのキノコの生えた場所知ってるとか言うのか？」

うんうんと、得意げな頷《うなず》きを返した、ような。

「ああ、オオカミの生息地近くにあるというなら、匂いを知っているかもしれませんな」

「お前、案内できるのか？」

ヘンリックの納得を受けて、兄が急《せ》き込《こ》んで尋ねる。

それにまた、うんうんと頷きが返った。

「よし、それなら俺が、ザムを連れていってくる」

「いや、それは、ウォルフ様――」

「ザムの案内なら、言うこと聞かせてついていけるのは、俺しかいないぞ」

「それは――うーむ……」

「心配するなヘンリック。ディモと一緒に行って、絶対傍《そば》を離れないから」

「……分かりました。絶対、安全第一ですよ。それから行くのは、午後暖かくなってからにしてください」

「分かった」


どっちにしろ、午前はいつもの勉強時間だ。

勉強の合間に先生には、この二日間でのオオカミ調査の件やセサミのこと、僕の健康状態について分かったこと、などを話す。要は、塩に関すること以外一通りだ。

僕については心配し、セサミについては喜び。

しかし先生も、赤ん坊の病気についてくわしい知識はないようだ。

比べて、オオカミと野ウサギの関係については、改めて調べ直しているという。

「その猟師の言うことで、大きく外れているとは言えないようですね。野ウサギはとにかく繁殖力の強い動物で、妊娠してから一ヶ月程度で出産、一度に生まれる子どもは平均七・五頭だそうです。

つまりもし今いる全頭がつがいを作ってメスが妊娠したとしたら、一ヶ月でつがいの二頭だったのが七・五頭増えて、生息数が四倍程度になる計算です」

「わあ」

「まあそこまで極端ではないとして二ヶ月で四倍と見積もっても、出産後すぐに次の妊娠が可能らしいので、四ヶ月で七〜八倍。新生児は四ヶ月程度で妊娠可能らしいから、次の二ヶ月後には最初の十倍以上になる可能性さえあることになります」

「つまり、雪解け頃には今の十倍……？」

「まあかなり大雑把《おおざっぱ》な計算ですけどね。もっと乱暴に考えて、さらに六ヶ月後、つまり今から数え始めて一年後には、七十〜百倍程度になるというのも、まんざら大げさではないということになります。

　野ウサギの平均寿命は一〜二年ということで、最初の個体は半減しているかもしれませんが、その後の増加分を考えると大きな違いはなさそうですね」

「来年の秋には今の七十倍。それが森から溢《あふ》れて、村の収穫物を襲ってくる可能性があるわけですか」

「素人《しろうと》考えの概算ですが、それぐらいに用心して考えていいのではないかと。へたをすると森の中の草などを食べ尽くして、食料を求めて必死に活動範囲を広げ始めることが十分に考えられそうです」

「もちろん防護柵の増強は必要だが、いくらそれをしても、それだけ増えたとしたら、どこの隙間から入ってくるか予想がつかない。この屋敷の横手の川を越えてくるのだってあり得るかもしれない」

「そういうことになりそうです」

「オオカミさえいれば、それが防げるわけですね」

「そちらがどれだけ頭数がいたのかは不明ですが、少なくとも去年まではそれで野ウサギの増加が防げる程度に均衡《きんこう》が保たれていたということでしょうね」

「雪が積もると野ウサギはどこかに隠れてしまって、狩ることができない。オオカミは死に絶えたのかどこかに移動したのか分からないけど、それを呼び戻すか、雪解け頃に一斉に狩りをしかけるか、考えられる方策はそれくらいですか」

「ですかね」

「狩りをしかけるにしても、この領地の者だけではまったく手が回らない。王都や他の領地に応援を求めることができるか……」

この次元の話になると、到底兄だけで結論は出せない。

おそらく近いうち父が帰郷するはずなので、相談しようということになる。

午後からキノコを探しに森へ行く話をすると、先生はアドバイスをくれた。

「キノコは外見が似ていても毒を持つものがあるので、くれぐれも注意してくださいよ。まあ、経験豊富な猟師が一緒なら大丈夫とは思いますが」

「はい、気をつけます」

昼食後すぐに、兄はいつもの狩りの装備を固めて、ザムを連れて出発した。

ランセルが話をつけていて、ディモとアヒムが森の入口で待っていることになっている。

楽しげなザムの様子を見ると、ほとんど足を引きずる様子もなく、傍目《はため》には怪我《けが》をしていたのが嘘《うそ》のようだ。本当にすごい回復力だと感心する。

兄を送り出すと、ベティーナは二階に上がり、僕の外出着を取り出した。

「さあルート様、わたしたちはお散歩しましょうね。日光に当たらなければいけません」

完全防寒だが手袋はせず、顔と手を露出する。できるだけ日に当てる箇所を増やすためだ。

ベティーナも防寒着を着て、僕を背におんぶした。

ヘンリックに挨拶して、外に出る。四刻を目安に戻ってくるという。

ベティーナの足でもほぼこの領地を縦断《じゅうだん》往復できる時間だ。しかしそんな単純往復ではなく、村の家並みや畑の付近を回ってくるという。

外に出ると、空は薄曇《うすぐも》り。絶好の日光浴日和《びより》ではないが、効果がないわけでもないだろう。

村中《むらなか》の道では、小さな子どもが何人か遊んでいた。ベティーナと顔見知りのようで、親しげに近づいてくる。僕を見て、きゃあきゃあと喚声が上がる。

「わあ、ルートルフ様だ」

「可愛《かわい》いーー」

「そうだよ。あ、汚れた手で触っちゃダメ！」

土遊びをしていたらしい小さな子が手を伸ばすのに、軽くベティーナは向きを変えて遮《さえぎ》った。

領主の子ども相手に当然なのだろうが、今回のことがあってベティーナが神経質になっているようにも見える。

「お散歩はいろいろ回った方がいいから、もう行くね」

子どもたちに手を振って、畑の方に歩き出す。

畑には、残ったゴロイモを掘っているらしい農夫が数人いるだけだった。

そんな村人に挨拶しながら、僕を揺すってベティーナは歩き続ける。

そろそろ僕の重さが応え始めているのではないかと思われるが、鼻歌を歌いながらの笑顔だ。

この勤めを精一杯果たそうという、一生懸命さが伝わってくる表情だ。


ついこの間、兄に聞いたことを思い出す。

ベティーナはこの村の農夫の夫婦のもとに生まれたらしい。

二歳のとき父親が流行病《はやりやまい》で亡《な》くなり、寡婦《かふ》となった母が領主邸の使用人として雇われた。

幼い子連れで大変な身の上だが、イズベルガやウェスタも育児に協力してくれて、すぐにしっかり侍女の役割を果たすようになった。娘も母について歩いたり領主の息子の遊び相手になったりして、みんなに可愛がられて育った。

しかし五歳のとき、母が肺炎を悪化させて死亡。残されたベティーナはイズベルガとウェスタに育てられる形になりながら、そのときから侍女見習いを志願してみんなの仕事を手伝い始めたという。

不憫《ふびん》ながら主人たちにも使用人にも可愛がられ、先にも聞いた通り八歳のときには兄と一緒に読み書きを習う機会をもらう。

そして今年、主人の次男が生まれ、その子守りとしてつけられた。この仕事を全《まっと》うして『見習い』

の肩書きを返上するのだと、大いに張り切っているらしい。

「いいことなんだけど、一生懸命になりすぎることがあるんだよなあ」と、そのとき兄が言っていた。

初めて文字を覚えるときには、睡眠時間を削っていたこともあったらしい。

そんなときには頑固になって周りの言葉が耳に入らなくなるので、みんなは遠巻きに気遣うようになるのだという。

今日もそんな調子で無理しなければいいが、と思う。


僕が小さいとはいえ、ベティーナもまだ九歳児なのだ。

おそらく僕の体重は、彼女の四分の一以上ある。

四刻の間休みなく背負って歩くのは、けっこうな重労働なのではないか。

僕の知る限り、今までこんな長時間連続はなかったはずだ。

別にどこかで途中休憩をとっても構わないと思うのだが、子守りは一向にそんな様子を見せないのだった。

僕が手を伸ばしてその頰《ほお》に触れると、少し汗ばみ出しているのが分かった。

しかし、

「あれ、ルート様、少しお手々が冷たくなってきましたよ。手袋しましょうか」

腰のバッグから毛糸の指なし手袋を出して、僕の手につけてくれる。

つまりは、僕のことを気にするつもりしかないようなのだ。

そのまましばらくすると、秘《ひそ》かにベティーナの息が荒くなっているように聞こえてきた。

まずいなあと思いながら、歩きを止めさせる方法が思いつかない。

悩むうち、

「ウォン」

と、やや遠くから声がした。

見ると、少し離れた防護柵の出入口に、ザムの姿が見えていた。

その後ろから、兄とディモ、アヒムも入ってくるところだ。

「あ、ウォルフ様ですね」

言っているうち、ザムが一気に駆け寄ってきた。

「ザム、ちゃんとお務めを果たしたの？　偉いねえ」

周囲をぐるぐる回って止まらない、その頭に手を伸ばして撫《な》でようとベティーナが苦労しているうちに、兄と父子が近づいてきた。

見ると、それぞれ手に一羽の野ウサギをぶら下げている。ついでに狩りをしてきたのか。

「お目当てのキノコ、見つかったんですかあ？」

「おお、ばっちりだ。ザムの案内にまちがいなかった」

「よかったあ、いっぱい採れたんですかあ？」

「この一冬は保《も》つだろうっていう量だけあるぞ」

「それじゃ、ルート様のお食事に、十分ですね」

る。

「だな」

その間にも、ザムはベティーナの足に背中を擦《こす》りつけていた。一昨日《おととい》も見た、要求の仕草に見え
「こいつまた、ルートを背中に乗せたいみたいだな」

「そうなんですか？」

「お前もくたびれてきたところだろう？　ザムに任せてしまえ」

「え……」

「ザムは元気いっぱい、まだ力が余っているみたいだからな」

「でもこれ、わたしのお仕事ですから」

「力が余ってる奴《やつ》に任せて構わん」

「でも……」

「ザムは元気になっちまって、これからも散歩でもして運動させなきゃならないからな。ついでにお前に任せる。明日から一人と一匹の散歩を一緒にさせろ。背中に乗せて大丈夫か、これから屋敷までの帰り、確認しよう」

「はい……」

「俺は当分これから、村のみんなといろいろ作業を試してみなきゃならないからな。しばらくはお前一人が頼りだ。一人と一匹、よろしく頼む」

「はい、分かりましたあ」

背負っていた紐《ひも》を解《ほど》いて、ベティーナはザムの背中に僕を下ろした。

首に摑《つか》まると、オオカミは力強く歩き出す。

兄とベティーナが慌てて追いかけなければならない勢いだ。

「こらザム、ルートの散歩が目的なんだから、もっとゆっくり歩け」

「うぉうん」

ちょっとしょげたように、ザムは足どりを緩める。

「これは、加減をつけさせるの、大変ですねえ」

「そうだぞ。しっかりやれよ」

「かしこまりましたあ」

足どりがゆっくりになると、何とも快適な道行きになった。

しっかり首に摑まっている限りまったくふらつくことなく、足に力が入らなくても安定している。

少しの間観察して、兄も納得したように頷いている。


「ところでウォルフ様、野ウサギ狩りもしてきたんですかあ？」

「ああ、これな。ザムが捕まえてきたんだ」

「へええ」

「びっくりしたさね。俺らがキノコ採っている間にどこか行ったと思ったら、すぐ口元真っ赤にして、この三羽を咥《くわ》えて戻ってきたさ」

ディモも、興奮の口調でつけ加えた。

どうも、自分の食事を済ませて、さらに戦利品を持ち帰ってきたらしい。

「たぶん、ルートルフ様に食べてほしいってことだと思うさ。持ってってランセルに料理させるといい」

「そうですねえ」

「一羽はディモとアヒムの家の土産《みやげ》にしてくれ」

村の家並みに入ると、居合わせた人々はぎょっとしたようにこちらを見てきた。

大っぴらにザムを披露《ひろう》するのはこれが初めてなのだ。

「ああみんな、こいつはオオカミのザムだ。これからしょっちゅう、ルートルフとこうして散歩することが多くなるので、よろしく頼む」

「へええ」

「やっぱり、オオカミかね」

「大人しいもんだ」

「オオカミを手懐《てなず》けるなんて、やっぱりウォルフ様はたいしたもんだ」

兄が説明すると、村人たちは柔和《にゅうわ》な顔になっていた。

大人が安心したのを見て、子どもたちも近づいてくる。

「ルートルフ様、オオカミに乗って、すごーい」

「ねえベティーナ、触ってもいい？」

「触るのはダメ。近くで見るだけね。それにザムは、ウォルフ様たちが躾《しつ》けて特別大人しいだけなんだからね。他の森のオオカミは危ないから、近づいちゃダメだよ」

「はーい」

「分かった」

わふわふザムの首を撫でながら手を振ると、きゃあ、と子どもたちの黄色い声をもらった。

そのまま手を振って、屋敷の方角へ歩き出してもらう。

首の手に軽く力を込めるだけで、意思が伝わる感覚が面白く、嬉《うれ》しい。

ディモから野ウサギを受けとって両手に提げた兄と、ベティーナが両側に付き添ってくる。


家に帰って、今日の収獲物をランセルに渡す。

これで当分キノコスープと、野ウサギのレバーペーストが母と僕にいいとされているので、それを作ってもらうことになった。

また出迎えたヘンリックの報告では、王都の父から返信が来たとのこと。

南の海で行われている製塩の方法を調べてみたが、部外秘の部分が多くて詳細は分からない。塩水を最初に火で煮詰《につ》めること、最後に日光で乾かすことは分かったので、工夫してもらいたいということだ。

「まず明日から、村の者を集めて火で煮詰める作業から始めてみようと思います」

「この地の今の季節では日光はあまり当てにならないから、焦がさないぎりぎりまで煮詰めて次の作業へ、というところか」

「そうでしょうね」

村では一通りの農作業が終わっているので、全員が喜んで領主邸主催の作業に参加を表明している。

これも、野ウサギ肉の提供やクロアオソウ栽培の成功で、兄が信用を得ているためのようだ。

明日からの予定として、村民を『製塩班』と『セサミ班』に分けて作業させていく。

『製塩班』は今も出た、最初に布で濾《こ》して不純物を除いてから、火で煮詰めてその後日干しに移る作業。最初に煮詰める程度をいろいろ変えて品質を試していきたい。

『セサミ班』はとりあえず、先日刈り取ったセサミの種を集めて乾燥させる作業。量が十分あれば油を絞る作業もしたいが、何よりも乾燥させたセサミが売り物になるか、王都に運んで業者に鑑定してもらうのが先決だ。

「とりあえずは、この二本立てだな。一度でうまくいくとは限らない。どちらも品質が大切だから、試行錯誤しながら焦らず試していこう」

「そうですね。それがいいと思います」


この日から、母は食堂で兄と一緒に夕食をとることになった。

僕も同席して、ウェスタの膝の上でスープのご相伴《しょうばん》にあずかる。

ところが、最初に母がこちらに手を伸ばしてきた。

「今日は、わたしがルートルフに食べさせたいわ」

母の手のスプーンから、一口、二口。

この上なく幸せな、格別の味だった。

ただそれでも、五口ほどで喉を通りにくくなる。

「頑張ったね、ルートルフ。おいちかった？」

「うー」

母の頬ずりを受けて、ウェスタに戻される。

あとは、母子向かい合っての食事。

兄が今日のキノコ採りの様子を話し、母が熱心に聞き入り、何とも楽しい食卓になっていた。


夜はほかほか温かな気分で、兄の部屋に上がることになった。

二人並んでベッドに座り、しばし余韻《よいん》を嚙《か》みしめ。

それにしても前から思っていたのだけど、この兄弟二人似て、母親のことが好きすぎる気がする。

「……よかったな、ルート」

「……ん」

「よし、気合いを入れ直して明日から、作業に入るぞ」

「ん……で」

「何だ」

「にっこうほし」

「塩か？」

「せさみも」

「ああ、そっちも干すんだものな」

「きのこも」

「キノコも、そうか。干しキノコが栄養的にいいんだったな」

「かご、つかえない？」

「『光』の加護か？」

「ん。こやで」

「クロアオソウの栽培小屋のことか？　そうか、ずっと『光』の加護を使っているんだものな……ああそれに、地熱もある」

「ん」

「どっちにしろ今の季節、外で日光で干すのはほとんど当てにならないからな。塩なんか水分が残っていたら、乾くより先に凍《こお》ってしまうかもしれない。せっかく村に五箇所、地熱のある場所に小屋を建てたんだから、そんなことにも使わなきゃ損か」

「ん」

「加護の『光』は干すのには少し弱そうだが……そうかそれなら、今一人ずつ交替当番で担当させているのを、二人当番にするのもアリか。人数は十分にいる。みんなけっこうやる気だ」

「ん」

「よし、その方針で行こう。地熱があるのと薪《たきぎ》がいくらでも使えるのが、この地の数少ない強みだからな」


次の日の午後から、村人総出での作業が始まった。

屋敷からは、兄とヘンリックが出向いて指揮に当たる。

とは言え兄には勉強が、ヘンリックには事務仕事があるので、翌日からは村人だけでも進められるように、最初の指示が肝心なのだ。

いろいろ試行錯誤が伴うので細かい処理法や時間など、記録に残しながらやっていきたいが、読み書きのできる者が数名しかいないので、それが悩みらしい。

とりあえずも、各戸から大きな鍋を持ち寄って一斉に塩水を煮詰める。村中に煙と蒸気が立ち回る、壮観の風景となった。

なお、『セサミ班』の作業に加わっていたベッセル先生を始め、大半の村民には大量の塩水の存在が初めて知らされることになったが、その出所《でどころ》は知らされず、存在自体極秘事項と念が押されている。

僕はというと、今日も日光浴の散歩が仕事だ。

ザムの背に乗り、ベティーナに付き添われて歩く。

村の一角にまだ働けない小さな子ども八人が集められ、年長の少女が一人で面倒を見ているところへ寄って、交流を持つ。

それぞれの作業場を邪魔しないように覗《のぞ》いて歩く。

そちらの作業とは別に栽培小屋で『光』担当をしている村人に、激励の愛嬌《あいきょう》を振りまく。

手前味噌《みそ》ではあるけど、どこでも明るく歓迎されて、楽しいひとときになった。

夕食時の食堂では、母と一緒に兄とヘンリックの報告を聞く。

製塩もセサミの乾燥も、とりあえずできることはまちがいない、あとはできるだけ品質を上げる方法を模索しながら進める、とのこと。

最後の乾燥に栽培小屋の『光』を有効利用しようという兄の発想には感心した、とヘンリックが唸《うな》っていた。


そのようにして、数日が過ぎた。

村の作業は午後から兄が見て回る程度で、自主的に進められるようになっている。

それぞれの工程は日を追うごとに慣れ、製品の品質は上がっているという。

王都などの慣習に倣《なら》って、土の日は作業を休みにした。

明けて、仕事を再開した風の日の夜だった。

ますます冷え凍《し》みるようになってきた冬の夜に、布団の中で兄にしがみつき寝入っていた僕は、いきなり夢から引き戻された。

片腕《わき》に僕を抱き寄せて、兄が半身を起こしている。

「何だ？」

「なに」

耳を澄ますと、ザムのものらしい吠《ほ》え声《ごえ》が、階下から聞こえているのだ。

僕を抱えたまま、ベッド脇に常備している剣を手にして、兄は部屋を飛び出した。

階段の上から見下ろすと、ヘンリックとランセルが寝間着のままランプを手にして、玄関ホールにいる。

「何かあったのか？」

「ああウォルフ様、ザムの声を聞いて起きてきたところなのですが」

「誰か屋敷に忍び込んできたよう、す。裏口からキッチンの方へ押し入ろうとした痕が。ザムに吠えられて、また裏口から逃げ出したのではないかと」

「キッチンへ？　食い物が目当てか？」

「分からない、す。入ってすぐ逃げたようで、荒らされた様子も見えない、す」

「確かに、雪と泥の靴の跡が、そんな様子ですな。キッチンの中程から引き返したのではないかと」

キッチンの戸口からランプの手を差し入れて、ヘンリックも同意した。

見ると、ザムはがりがりと裏口の戸を爪で引っ掻《か》いている。

賊を追いかけようとしたが戸を閉められて果たせなかった、悔しい、という様子だ。

そのザムの首を抱えるようにして、ランセルが裏口から外を見に行った。

ウェスタも一階奥の部屋から出てきて、心配そうに裏口を見ている。

ヘンリックに訊《き》くと、時刻は夜中の二刻過ぎだという。

階下に降りた兄を追うように、ガウン姿のイズベルガが階段に姿を見せた。

「奥様もお目覚めですが、二階に異状はないようです。ベティーナは奥様の傍につかせました」

「二階には行っていない、ただ裏口の鍵をこじ開けて入ってきただけ、ということのようですな」

「泥棒のようだが狙いは分からない、ということだな」

話し合っていると、ランセルがザムと戻ってきた。

「外の雪の上に馬の足跡がある、す。おそらく、二頭すね。街道を南向きに去ったようで、姿はもう見えないす。ザムが追いかけたがってたすが、引き留めました」

「ご苦労様。ザムも」

兄は、オオカミに近づいて首を撫でてやる。

「賊を追いかけるより、この家の護《まも》りを固める方が大事だ。ザム、さっきはよく賊を追い払ってくれたな。お手柄だ」

「ウォン」

嬉しそうに、白銀の尾が振られる。

ヘンリックは、イズベルガと訝《いぶか》しげな顔を見合わせていた。

「馬で逃げたとは、その辺の食うに困ったこそ泥とは思えませんね」

「乗馬に秀でているといえば、騎士階級や貴族、盗賊でも大がかりな野盗を思わせますが、この領地にそんなものが現れたなど聞いたことがありませんな」

放っておいたら餓死しかねない農村に、徒党を組むような野盗が用があるとは思えない。

食うに困ったこそ泥なども、王都や侯爵領の方からわざわざこんなところまで迷い込むとは考えにくい。

一同を見回して、ヘンリックが告げた。

「ここは私とランセルが朝まで番をしますので、ウォルフ様はお休みください。イズベルガは念のため、ベティーナと奥様の部屋で休むようにしてください」

「分かった。頼む」

「承知しました」

頷いて、兄は階段を昇る。

部屋に戻って「ふたり、だいじょぶ？」と問うと、

「ヘンリックとランセルは腕に覚えがあるから大丈夫だろう。言ってなかったかな。ヘンリックは元王都の騎士団にいたし、ランセルは市民兵に所属していたことがある」

なるほど、痩《や》せても男爵たる領主邸に警備が少ないと思っていたが、あの二人がその役を兼ねていたらしい。

聞くと、ヘンリックは足に怪我を負って騎士団を辞したが、父が信頼する剣の腕前で、今でも修練を欠かしていないという。

安心して、後を任せよう、と思う。

赤ん坊の身としてはまだまったく睡眠が足りず、今にも瞼《まぶた》が落ちそうだ。

兄に抱かれて、布団に潜《もぐ》り直す。

たちまち僕は夢の中に戻っていた。

のだが。

ばりん、というけたたましい破壊音《はかいおん》と、

「誰だ！」

と跳《と》び起きる兄の声で、僕はまた目覚めさせられた。

見ると、部屋の窓板が叩《たた》き割《わ》られて、そこから黒い服装の人間が潜り込んでくるところだった。

枕元の剣をとり、兄はすぐに鞘《さや》を払った。

「息子の部屋で、まちがいなかったようだな」

床に降りるや、やや短い剣を抜き放つ。

月明かりだけの闇の中で黒い服装は、ほとんど体格さえ判別できない。声からすると男らしいそいつは、顔も黒く覆って目だけが怪しく赤く光っている。

「悪いが、命をもらう」

「ヘンリック！　二階に賊だ！」

大声で叫んで、兄は剣を相手に向ける。

初めからぐずぐずする気はないのだろう、男は即座に兄の剣を横に払った。

カキーンという金属音が、小気味いいほどに響き上がり。

返す剣で、兄の空いた二の腕を切りつける。

「ぐっ」

「死ね！」

「うわあ！」

二の太刀へ向けて、夢中で兄が剣を突き出した。

それも余裕で払われる、寸前。

「にいちゃ！」

無我夢中で僕は、指を突き出した。

閃光《せんこう》。

サーチライト状の光が男の顔を襲い、肘のあたりに兄の剣先が走った。

「わあ！」

不意を突かれた男の腕が止まって、

「う！」


「ウォルフ様！」

廊下にドタドタと、足音が近づき。

「くそ！」

すかさず男の姿は窓の外に飛び出していった。

直後、戸が開いてヘンリックが飛び込んできた。

「ウォルフ様、ご無事——あ、血が！」

手にしたランプが、兄の血まみれの左腕を照らし出した。

「軽傷だ。こちらも手傷を負わせた。窓から飛び降りて逃げた」

「ランセル、賊は逃げました！　外に警戒を！」

「分かりました！」

階下から、大声が返ってきた。

直後、戸口からイズベルガが駆け込んできた。

「ウォルフ様、お怪我ですか？　今血止めを！」

兄をベッドに座らせて、治療を始める。

その間、僕はただ兄の背に抱きついて震えていた。

「にいちゃ、にいちゃ！」

「大丈夫だルート、傷は浅い」

「さようですね。幸い、深くないようです」

頷きながら、イズベルガは傷の上を縛り、血止めをしている。

「ヘンリック、賊は一人。かなり剣の心得があると思われる。命をもらうと言っていたから、狙いは最初から俺だったようだ」

「ウォルフ様のお命を狙うなど、なんと――。荒っぽい手口からして、本当に命だけ奪ってすぐ逃走するつもりだったんでしょうな」

「俺が一太刀だけでも抵抗して、すぐヘンリックが来てくれたので、助かったようだ」

「少しでも遅れていたらと思うと、私も生きた心地がしませせぬ」

「にいちゃ……」

そのまま、僕の意識は遠のいていった、ようだ。


目を醒《さ》ますと、明るくなっていた。

僕はベッドの上で、いつものように兄の腕を抱えて。

と思ったら、いつもの兄のベッドではなく、僕の部屋だった。

兄の部屋の窓が壊されたので、二人でこちらに移動したらしい。

思っていると、兄の声がかけられた。

「起きたか」

「ん」

「お前に命を助けられた。ありがとう」

「んん」

賊を追い払うのに間に合ったのは、兄の剣のお陰だ。

最初の一太刀の抵抗がなければ、たちまち二人とも命を奪われていただろう。

それにしても、咄嗟《とっさ》に出した『光』だったが、さすがに動いている人間相手に失明させる威力のものを放つことはできなかった。

それによって賊を取り逃がすことになったわけだが、それを僕は後悔すべきなのかどうか、判断できない。

「とりあえずあの後、警備は二階に集めることにした。女たちは母上の部屋に集めて、ヘンリックとランセルは廊下に詰めている。それから――」

兄が僕の肩越しにベッド下を覗く。それを追って振り向くと。

「ウォン」と床からザムが顔を上げた。

「俺の負傷を知って、ここで護衛することにしたようだ」

「そう」

手を伸ばして頭を撫でると、ザムは喉を鳴らした。

その温かみを堪能《たんのう》しているうち、ノックの音がした。

11 赤ん坊、警戒する

すぐに、ベティーナが顔を出す。

「ウォルフ様、お加減は……」

「平気だ」

即座に、兄は身を起こした。

「起きる。ルートの着替えを頼む」

「はい」

着替えた僕はベティーナに抱かれて、兄と階下に降りていった。


食堂には料理人夫妻と執事の他に、母とイズベルガも集まっていた。

母と兄の朝食を始めながら、情報を整理する。

母がヘンリックに尋ねた。

「賊の狙いがウォルフの命だったということに、まちがいありませんか」

「はい。ウォルフ様にそう言っていたということですし、あの屋敷中に響くような音を立てて窓を叩《たた》き割《わ》った手口からしても、ウォルフ様の命を奪ってすぐに立ち去るつもりだったとしか思えません」

「なんてこと……」

「しかし、最初にはキッチンを狙っていたというのですよね？」

イズベルガの問いには、ヘンリックは首を捻《ひね》った。

「それが解《げ》せません。まさか二度の侵入が別々の賊だったとは考えにくいですし。先に一階を狙ってみせて警戒をそちらに集める陽動だったか、ウォルフ様の命と同じほどの目的がキッチンにあったか」

「しかし、うちのキッチンに賊が狙うようなものがあるか？　そんな高価なものなど、置いていないだろう」

「まったくです。しかしあの窓を割る強引な手口なら、陽動など必要としないとも思えますし。他にキッチンを狙う目的は思いつきませせぬ」

「だよなあ」

兄も母もすっかり沈痛な様子で、食事の手が止まっている。

それをイズベルガに促されて、重そうにスプーンを動かし始めた。

実際、左腕に包帯を巻いている兄は、こんな何気《なにげ》ない動作にもどこか不自由そうだ。

そちらに気遣いの目を向けながら、ヘンリックは続けた。

「それよりもウォルフ様、今後のことを考える必要があります。お命を狙って失敗した相手は、目的を果たすまで襲撃を諦めないやもしれませぬ。当面は外出を控えて、私とランセルを傍《そば》に置いてください」

「……分かった」

「それから、敵の狙いがウォルフ様だけと断定するのも早計です。奥様とルートルフ様の安全も考えて、できるだけ皆様が一緒にいらっしゃるのが望ましいと思います」

「そうですね」母が頷《うなず》いた。「最近はあまり使っていないそちらの居間の暖炉に火を入れて、昼間はみんなでそこにいるようにしましょう。少し不自由でも、ベッセル先生とのお勉強もそこでするのがいいでしょう」

「それは構いませんが母上、そんな生活も長く続けると、こちらの活動に支障が出ます」

「父上に連絡を入れて、護衛の人数を増やしてもらいたいと思います。その護衛を伴ってなら、多少は外出もできるようになるでしょう」

「しかし、我が家にそのような財政の余裕は……」

「ウォルフ、そのようなことを言っている場合ではないのですよ。父上やわたしにとって、いちばん大切なのはあなたの無事なのです」

「……はい」

村の作業は当分兄もヘンリックも視察に赴《おもむ》けないが、今までのまま進めてもらうことにする。

そのあたりの事情の説明のために朝食後、ウェスタに作業場へ行ってもらった。

間もなく戻ってきた彼女の後ろに、ディモと二人の若い男が従ってきている。

そういう事態なら、ぜひ領主邸の警備に参加させてくれ、という申し出だ。

「領主様のご家族に何かあるなんて、絶対あっちゃならねえさ。特に今、ウォルフ様を失ったら、立ち直りかけている村のみんなが望みを失ってしまう。これは村のみんなの総意なのさ」

ディモの熱弁を聞いて、そっと母が歩み寄った。

「数日中に、護衛の増強があるはずです。それまで、よろしくお願いしますね」

「任してくだせえ」

計画では、この屋敷に三人が詰めて、交替で一人は外を警戒して回る。

中に待機する者も時間を無駄にしたくない、手作業をさせてもらいたいということなので、武道部屋を待機と作業用に使ってもらうことにした。

木の板や竹のような材料を持ち込んで作り出したのは、深い雪の上を歩くための道具だそうだ。

夜には別の三人と交代し、寝ずの番に当たる。これも交替で、一人は外回りを行う。

これにより、一応ヘンリックとランセルは睡眠をとることができるようになった。もちろんいつ跳び起きてもいい心がけで、熟睡できるにはほど遠いだろうが。


来訪したベッセル先生を居間に招いて、午前の勉強はそこで始める。

そこそこ広い部屋だが。

左のソファとその後ろに用意した椅子で、母とイズベルガ、ベティーナが、編み物。毛糸の手袋や帽子など、家人たちの冬装備を作っているらしい。

右手には簡易の机と椅子を用意して、ヘンリックが事務仕事。

その中央のテーブルを挟んだソファに、僕を膝に乗せた兄がベッセル先生と向かい合って、勉強を行う。

しかも、兄のソファのすぐ後ろには、オオカミのザムが長々と寝そべっている。

にわかに一言で『何部屋』と表現の言葉が見つからない、混沌《こんとん》とした空間がそこにできていた。

さすがに先生も呆気《あっけ》にとられていたが、事情を聞いてすぐに納得したようだ。

おおむねのところは納得したようだが、ただ一つ。

「ルートルフ様を抱っこしての筆記は、やりにくくないですか？」

「今朝からルート様、まったくウォルフ様から離れようとされないんですう。お兄様が心配で仕方ないんじゃないかと思います」

ベティーナの説明に「なるほど」と苦笑で頷いている。

僕が決して勉強の邪魔をしないのは十分知っているので、先生もそれ以上拒否しようとはしなかった。

僕としては、この国の地理や歴史の話を兄と一緒に学べる点、まったく問題なしだ。

計算練習ではこっちの暗算の方が先に正答してしまう点、秘《ひそ》かに溜息《ためいき》ものだったが。


一通りの座学を終えて、怪我《けが》のため運動は控えることにして、先生と兄はヘンリックも交えて今回の件の話を始めた。

「ことさらにウォルフ様の命を狙う者など、心当たりはあるのですか？」

「私には、狙われる覚えなどありません。恨まれている覚えのある相手と言えば、野ウサギくらいだ」

「野ウサギが暗殺者を雇ったとは思えないですしねえ。ここの森の野ウサギを減らされたら不都合な者とか？」

「思いつきませんね。そんなのがいたとしても、いつも狩りに行くときは猟師のディモが一緒です。村の外の者があの猟果《りょうか》を子どもの僕のせいだとは、ふつう思わないでしょう」

「それはそうですね。それにその目的なら、雪が積もって猟を休んでいるこの時期に急ぐ必要があるとも思えない。

としたら、別の観点ですか。最近この領地の食糧事情改善の原因がウォルフ様だと、誰かが情報を摑《つか》んだ。これからこの領地が復興を果たそうとしている、その大本を断とうと考えた者がいる」

「まだ外向けにはっきり成果を出していない時点で、これを邪魔する必要のある者がいるでしょうか」

「その辺は何とも、ですな」ヘンリックが顔をしかめる。「王都の旦那様の周辺で、そんな動きが出てきてもそう驚くものではないかもしれませぬ。こう言っては何ですが近年、貴族の間での醜《みにく》い足の引っ張り合いは、後を絶たないということです」

「考えたくもない、な」

膝の僕を揺すり上げて、兄は首を振っている。

先生の帰りを見送って、昼食。この日は皆午後の外出は見送って、午前と同じように居間で過ごすことになった。

配置も、ベッセル先生がいなくなっただけで、同じ。兄はやはり僕を膝に乗せて、先生から借りた本を開いていた。

国内各地の農村の生活について記録したもので、旅行をしたことのない僕とほとんど王都との往復しか知らない兄にとって、なかなか興味深いものだった。

もちろん僕が兄と一緒に読書に集中しているというのもおかしな話なので、適当にときどき「きゃいきゃい」とはしゃぎ声を挟んだりするが。

「こうして見ると、本当にルートルフはウォルフに抱っこされて大人しくしてるのねえ。まるで二人一緒に本を読んでいるみたい」

ふと編み物の手を止めた母に、笑われてしまった。

嬉《うれ》しそうに、ベティーナが声を返す。

「ええ本当に、ルート様はウォルフ様の抱っこがお好きなんですよお。私といるとむずかることがあっても、ウォルフ様と一緒で機嫌悪いの見たことないですぅ」

「少し前まではこんなに仲いい姿見なかったけど、今は本当に仲よしさんなのねえ」

「そうなんですよお」

「本当に、ウォルフ様はいいお兄様におなりです」

イズベルガにまで笑いかけられて、兄は何も言い返せなくなっていた。

頭の後ろに手を上げて兄の頬《ほお》を撫《な》でると、「こらルート、読書の邪魔をするな」と、八つ当たりをされた。

お返しに、きゃきゃ、とご機嫌な笑い声を立ててやる。

女性陣に生温かい目を向けられて、兄はますます読書に熱中の格好を作っていた。

一度部屋から出ていったヘンリックが何かを手にして戻ってきた。

「王都から鳩便《はとびん》が参りました。旦那様が明日《あす》の朝向こうを出発して、明後日《みょうごにち》夕刻こちらへ到着の予定、ということでございます」

ここから王都まで、鳩便では数時間、馬車では一日半の距離だという。

ふつう王都からここまで来るには馬車を使い、南隣の侯爵領で一泊するらしい。

聞いて、母は編み物を置いた両手を合わせた。

「まあ、嬉しい。旦那様は先月いらっしゃれなくて、ひと月半ぶりのお帰りだもの」

「一泊の滞在になる。今朝お願いした、護衛の増員を連れてくる。帰りに塩とセサミを持ち帰って王都で鑑定させたい、との仰《おお》せです」

「やはりお忙しいのですね。護衛のことも兼ねて無理をなさったのでしょうか。ウォルフ、塩とセサミというのは、大丈夫なのですか？」

「父上にお持ちいただく分は、できています」

「でしたらあとは、お迎えの準備を皆、お願いね。一行は何人になるのかしら」

「ロータルとヘルフリート、他護衛が二名、ということになるようです。ああ、護衛の一人は女性のようです」

頷いて、イズベルガとベティーナが動き出す。

ヘンリックから出た名前は僕に覚えのないものだけど、おそらく父の側近とかで、他の人には馴《な》染《じ》みがあるのだろう。
何にせよ僕にとって、父を含めた全員が事実上初対面になる。

12 赤ん坊、父と会う

それから二日間、屋敷は父を迎える準備で大わらわになった。

兄が襲撃を受けた緊張は忘れないが、明るい話題で空気が変わったという感覚だ。

領主が帰郷という情報は、護衛番に来ていた者を通じて村人たちにも知れ渡ったようだ。

予定当日になると、屋敷の全員が久しぶりの高揚感《こうようかん》で、到着を今か今かと待ち侘《わ》びる様子になっていた。

通常なら、午後の七刻過ぎには到着するのだという。

しかしこの日は、十刻を過ぎても馬車の姿は見えない。

日の短くなった頃で、もう街道の先は暮れ始めている。

母は、不安な顔色を隠しきれなくなっていた。

南の侯爵領とこちらの領を結ぶ、湖の間を抜ける道は、国中に知れた物騒《ぶっそう》な街道なのだという。

つまりは、盗賊の類《たぐ》いがはびこっているという意味で。

しかしさすがに、領主の紋章をつけた馬車を襲う馬鹿な盗賊はいない。護衛が手練《てだ》れなのはまちがいないし、もしそんなへまをしてしまうと、王国から徹底的な捜索を受けて盗賊たちも生きていけなくなる。

母の憂慮《ゆうりょ》をみんなで宥《なだ》めて、さらに数刻。すっかり外も暗くなった頃、

「ウォン」

ザムの吠《ほ》え声《ごえ》が上がった。

耳を澄ますと、遠くからかすかに、近づく音がする。

馬の蹄《ひづめ》の走行音と、乾いた木の擦過音《さっかおん》。つまりは、馬車の走る音、のようだ。

「旦那様？」

「――にしては、馬車の音が荒々しすぎる気がします。皆様はまだ、こちらにお控えください」

一同を制して、ヘンリックは玄関をそっと開いた。

その間にも、荒々しい馬車の走行音は、屋敷に衝突しそうな勢いで近づいている。

馬の蹄の音は、複数だ。

「どうしました？」

怒鳴るようなヘンリックの声の先に、馬車は停止したようだ。

「これは、旦那様」

という声を機に、一同は玄関に殺到した。

しかしその足は、ヘンリックの叫び声に緩《ゆる》められた。

「これは――ロータル！」

「野盗に襲撃されて、命を落とした。そのつもりで、扱いを頼む」

「かしこまりました」

見ると、馬車の両脇に停《と》めた騎馬から降りた二人の人物が、協力して車内から大柄な男の身体を運び出しているところだ。

そのまま、乱暴な足音が近づいてきた。

開かれた戸口に、貴族らしい装束《しょうぞく》の男が姿を現す。

「旦那様」

「遅れて、心配をかけた。途中で野盗の襲撃を受け、ロータルを失ったが、何とか退《しりぞ》けることはできた」

「え……」

青ざめる母を、黙って抱き寄せる。

「ロータルの亡骸《なきがら》は、王都に持ち帰って荼毘《だび》に付す」

「はい」

抱かれた腕の中からちらと見上げると、兄は囁《ささや》き声で教えてくれた。

「ロータル……何年も父上の護衛を務めていたのに……」

「十五年以上のつき合いだった。学院で知り合って以来の友人だ」

皆に言い聞かせるように呟《つぶや》いて、父は兄に手を差し伸べた。

僕をベティーナに渡して、兄はその抱擁を受ける。

「こんなことになって、慌ただしくてすまんな。今日のいちばんの目的は、ウォルフを褒《ほ》めることだった。いろいろ頑張ってくれたようだな。ありがとう」

「父上……その、光栄です」

ひしと抱きつき、頭を撫《な》でられ。

このところの大人びた言動とは裏腹に、見た目完全に父親に甘える小さな子どもの図だが、兄は精一杯とり繕《つくろ》った言葉を絞り出しているようだ。

ひとしきり温《ぬく》もりを交わした後、父子は名残惜しげに抱擁を緩めた。

長男を脇に置いたまま、父はこちらに向き直ってくる。

「ずいぶん長いこと会わなかった気がするぞ。ルートルフは、実に大きくなったな」

「はい、大きくおなりです」

よいしょと揺すり直して、ベティーナは僕を父に手渡した。

「おお、何とも重くなったものだ。ルートルフ、無沙汰《ぶさた》してすまぬな。父だぞ、分かるか」

記憶的には初めてなのだけど、どこか懐かしい匂い、という気はする。

赤ん坊の抱き方は、あちこち不必要な力が籠《こ》もって、お世辞にもうまいとは言えない。母とは比べようもないし、最近のベティーナや兄と比べても快適さは下だろう。

それでも妙な、理屈抜きの心地よさのようなものはあって、当分このまま甘受していたい気になってくる。

一応印象を悪くはしたくないので、僕はきゃっきゃとご機嫌の声で、父の頰《ほお》に手を伸ばした。わずかに髭《ひげ》が伸びていて、手触りは、ただ痛い。

「おお、父が分かるか、分かるか。よい子だ」

とたん、遠慮なしの力で抱きしめられ、じょりじょりと頰を擦《す》りつけられた。

――ちょっと父上、痛い。

よけいなサービスはしない方がよかったかもしれない……。

見下ろすと、兄が同情溢《あふ》れる視線を向けてくれていた。


「家族とゆっくりしたいのは山々だが、時間が惜しい。まずは情報交換が必要だ。ヘンリックとウォルフ、執務室に来い。あと、ヘルフリート、お前もだ」

「はい」

しばらく忘れていた玄関方向を見ると、初対面の顔が三つ並んでいた。

まだ若い痩せぎすの男が一人、それより年下らしいがしっかりした体格の男女が一人ずつ。今返事したのは、痩せぎすの男だ。

腰に剣を下げ、防具らしい装備の男女は、明らかに護衛職だろう。

「護衛の二人にはウェスタ、熱い茶を飲ませてやってくれ。家の者への紹介は後に回すが、二人のとりあえずの任務は、この屋敷の警戒だ。ランセルからくわしい話を聞いて、始めていてくれ」

「は」

「かしこまりました」

「それと、礼が遅れてすまぬ。村を代表してここの警固に当たってくれているということだったな。感謝している」

二人の返事を背で聞いて、さらに父はその向こうの武道部屋前に並ぶ村民たちに声をかけた。

「もったいないお言葉で」

ひとしきり見渡して、大股に歩き出す。

その遠ざかる脇で「あれ」とベティーナが小さな声を漏らす。

急いで追いついてきたヘンリックが問いかけた。

「その旦那様、ルートルフ様は——」

「短い滞在時間は貴重だ。片時も放さん。今夜は抱いて寝るからな」

「はあ……」

何を言っても無駄、と悟ったらしい達観《たっかん》の溜息《ためいき》。


足どりを緩めず父は、いつもはヘンリックが仕事をしている部屋に入っていった。

中央にある各辺二人ずつが並べそうなほぼ正方形のテーブルに、父は兄を隣に招いて座る。それと直角の向き、両側に向かい合ってヘンリックとヘルフリートが席に着いた。

当然のように、僕は父の膝の上だ。

「とにかく、何よりも捨て置けんのは、ウォルフが襲撃されたという件だ。改めてくわしく聞かせてくれ」

父に請われて、ヘンリックと兄が代わる代わる説明する。

僕の『光』の件だけは除いてほぼすべて、聞いていても欠けた情報はないと思われる。

「何と。ウォルフの防御とヘンリックの駆けつけるのが少しでも遅れれば、取り返しのつかない事態になっていたことになるのか」

「さようでございます」

「ウォルフ、怪我《けが》は大事《だいじ》ないか」

「もう傷は塞がりました。痛みはありますが、動かせています」

「そうか。くそ――はらわたの煮えくりが、止まらぬ」

――父上父上、苦しいから。赤ん坊のお腹《なか》の柔らかさ、考えて。

ぺしぺしと腕を叩《たた》くと、父も気がついて腹に回した手の力を緩めてくれた。

「とにかくも、ウォルフはよくやった。ヘンリックとランセルも、よくこの家を守ってくれた。礼を言う」

「いえ。ウォルフ様に怪我を負わせただけで、反省するばかりです。もっと配慮のしようがあったのではないかと」

「いや、二階の窓を叩き割っての侵入など、想像もできぬ。今後はそれも考慮して護《まも》りを固めねばならんが」

一度息を落ち着け、父は興奮を鎮めている様子だ。

「それにしても賊はウォルフの命を狙った、それでまちがいはないのだな？」

「はい、確かに『命をもらう』とはっきり言っていました」

「くそ……」

「それにしても屋敷の者たちと話し合っていて、先にキッチンに侵入しようとして失敗し、すぐ戻ってきてウォルフ様の命を狙う、という順序が理解できない、という疑問になっておりました」

「ふむ……確かに理解しがたい」

考えながら、父はふとヘルフリートの方に目を向けたようだ。

痩せぎすでおよそ戦闘向きに見えないこの若い男は、王都で父の側近、秘書のような役目をしているのかと想像される。

「その辺も含めて一つ、な……。もしかするとウォルフが襲われた原因、私にあるのかもしれない」

「旦那様に、ですか？」

「いや、な。ここのところ領地から次々朗報が届き、どれもウォルフの働きが関係しているというので嬉《うれ》しくなって。思わず周囲に息子自慢をしてしまったのだ」

「はあ」

「自分ではその気はなかったのだが、傍《そば》で聞いていたヘルフリートの感想では、ウォルフは我が領になくてはならぬ宝、今後ますます領地の発展に寄与するだろう、と。まあまちがいではないのだが、他の領主連中の虚栄心を刺激するような、そんな論調になっていたようだ」

「旦那様のせいばかりではありません。父からの報告に、多分にそんな主張が含まれていたせいもあるかと存じます」

初めて、若い男がぼそりと発言した。

なかなかに、ふだんから遠慮なく主《あるじ》に意見を述べていることを思わせる。

それと、父？

話の流れと向かいに上げられた視線からすると、このヘルフリート、ヘンリックの息子になるらしい。

ヘンリックはやや顔をしかめて、頷《うなず》いた。

「それは、多少……あったかもしれませせぬ」

「それはともかく、我が領の勃興《ぼっこう》をよしとしない向きには、ウォルフ様の存在が邪魔と考えるきっかけになった可能性はあるかと存じます」

「ということだ」苦々しげに父は頷いた。「それとそんな自慢話では、さすがにまだ塩やセサミのことに触れていない。例としてはもっぱら、黒小麦やゴロイモの利用法を開発、という点を挙げていた。まだ詳細には触れずに、だな」

「あたかも、今にも一大産業に結びつきそうな論調でしたね」

「ヘルフリート、言葉は控えよ。しかしそうすると旦那様、我が領の立て直しの兆しは黒小麦とゴロイモの調理法にあり、と王都の貴族の中には伝わっているということになりますか」

「うむ」

「そうすると、その秘密を探ろうとこの屋敷に忍び込んだ場合、情報はキッチンにあると考えて不思議はないと」

「そういうことになるな」

「なるほど。そういうことならば、賊の目的はその情報を盗むこととウォルフ様の命、この二つがそれほど優劣なくあったと考えられる。ウォルフ様を襲うことを優先せず、まずこっそりキッチンを探り、その後屋敷中を起こす騒ぎになろうと構わず、手早くウォルフ様を狙う、という順序もあり得ることになりそうですな」

「そうだ」

父に続いて、一同何度も頷いている。

そうしてから、兄が父の横顔を覗《のぞ》いた。

「それにしても父上、黒小麦とゴロイモにしてもまだ調理した現物が王都に届いたわけでもなく、この屋敷が狙われるには早すぎるように思われます。不確かな噂《うわさ》段階でも我が領の立て直しを邪魔したいと考えるような者が、いるのでしょうか」

「うむ……」

「お訊《き》きしにくいことですが。我が領の借金のかたに、東の森を含む土地が絡んでいるというのは、事実なのでしょうか」

「……耳が早いな。確かに、その件が関係しているのではないかという疑いを、持っている」

断言はしないが、事実ではあるらしい。

「今になってみるとあの森は、塩の湖を含んでいるというだけで、価値は計り知れないことになっているわけですが」

「うむ、そこだ。今から契約を変えることはできぬから、こちらにとってできるのは、来年の秋までに規定の額を返済することだ。もし向こうが森の価値に気づいていて是が非でも手に入れたいならば、どんな手を使ってでも返済の目を潰す、という考えになるであろう」

「やはり……」

「何とも嘆かわしいことではあるのだがな。近年我が国では、他の国との抗争などもほぼないための平和ぼけとでも表すればいいか、言ってみれば国内での派閥抗争《はばつこうそう》や、領地間の足の引っ張り合いというような愚行にふける向きが多々見られるようになっている。少し格好つけて言えば諜報《ちょうほう》活動、つまりは何かにつけ他の貴族の行動をあれこれ探って回る行為が横行している。

うちの件について言えば、塩とセサミについては最大限情報を伏しているしまだ具体的に動いてはいないので知られていないと思うが、黒小麦とゴロイモについてはヘンリックの提案を元に例のコロッケの販売の是非を商人に打診し始めているので、内容の詳細はともかく、ある程度具体性を帯びてきていることは知られている可能性があるのだ」

「だから、内容の詳細に関する情報を盗み出して邪魔をしようと考えることは、あり得ると」

「しかも」ヘルフリートが口を入れた。「向こうの領地は我が領より多少温暖なので少ないとはいえ、黒小麦やゴロイモの収穫があります。その調理法に興味惹《ひ》かれるでしょうし、情報を盗んでこちらに先んじて商売に結びつけようと考える、ということもありそうです」

うん、ヘルフリートさん、敵の正体を隠して話を進める気、ないね。

多少温暖ながら同じくらい北に位置する領地って、東隣以外ないはずだ。

「そういう想像ができるわけでして。これまでは旦那様のご意向で、うちからはそんなさもしい真似《まね》は控えていたわけですが、こうなってはそんな綺麗事《きれいごと》も言ってられません。旦那様に暗黙の了解をいただき、不肖《ふしょう》ヘルフリート、かねてからのシュ――いや特技と言うか、隠れた才能を活《い》かす機会をいただき、多少動いてみました」

『趣味』と言おうとしなかったか、この人？

向かいの父親の顔が、心なしか妙に苦り切って見えるんだけど。

「かのダンシャ――いや領主に、懐刀《ふところがたな》と言うべき文官がいるのですが、その人物の行動を追ってみたところ、かなり頻繁《ひんぱん》に大学図書館に通う読書家であることが判明しました。そこの司書に多少融通《ゆうづう》を利かすと、かの人物の過去数年間の閲覧《えつらん》図書を知ることができました」

はっきり『男爵』と言おうとしてるし。

あとこの国の図書館とか公共施設、個人情報保護の考えはない――んだろうなあ。

聞きながら、兄が目を丸くした。

「まさか――その閲覧図書の中身を見てみたのか。数年間分、全部？」

「実は、速読《そくどく》は小生の隠れた特技でして。百冊近くありましたが、三日間で一通り目を通すことができました。その中で興味深かったのが三年ほど前の閲覧書籍なのですが、数十年前の探検家の手記で、当地の東の森について記述があったのです」

「まさか――」

「はっきりとした書き方ではないのですけどね。ある洞窟で、塩水を湛《たた》えた泉に遭遇したという意味にとれるものが」

「それは――」ヘンリックが唸《うな》った。「場所なども特定できそうなのか？」

「いえ、そこはかなり曖昧《あいまい》なのですが。他の地方についての記述と比べても、塩の泉の存在に信《しん》憑性《ぴょうせい》は感じても不思議のない記述で」

「つまりその懐刀なる者、三年前に場所は不確かながら塩の湖の存在は知っていたと」

「ということになりそうです」

「うちに金を貸そうと申し出てきたのは、二年前だ」

父の言葉に、一同頷きを交わす。

そうしてから、ヘルフリートは報告を続けた。

「もう一つ、一年半前の閲覧図書なのですが。かなり信憑性の保証はなさそうな、魔法めいたことに関する書物がありまして。その中に、オオカミに関することがあったのが、目を惹きました。何でも、オオカミの群れを移動させるほど惹きつけ誘導することができる植物があるのだと」

「何ですと？」

「そこに具体的な植物名などは書いておらず、どうもくわしくは隣国ダンスクなら情報が得られるかもしれない、という表現になっていました。

それだけなら放っておいてもいい程度の情報だと思うんですけどね。調べてみるとその懐刀氏、去年の夏にダンスクに旅行に行っています。農業関係の研修目的、と王宮から許可が出ていました」

「その人物のダンスク旅行が去年の夏」ヘンリックが眉をひそめる。「こちらでは今年の春か去年の秋かから、野ウサギの異常増加が始まっています。そこから推測すると、オオカミの減少は秋頃から始まっていると考えられますから――」

「時期的には合致することになるのです」

「そいつがオオカミの誘導方法を見つけてきて、うちの森のオオカミを連れ出したというのか？」

兄の問い返しに、ヘルフリートは「証拠は何もありません」とだけ、答えた。

父とヘンリックも、渋い顔をしかめているだけだ。

やがてヘンリックは溜息をつき、

「しかしそれで、辻褄《つじつま》は合うのですよね。先月ここを某《ぼう》男爵が訪ねてきて、村民に野ウサギの被害について質問していったということがありました。前から野ウサギ被害などで凶作になることが予想されていて、それを自分の目で確かめに来た、と考えれば」

「オオカミが減れば野ウサギが増える。それで農作物に被害が及び、夏の日照不足と相まって凶作となる。その確認か。今年でそこそこ効果があれば、来年はいっそう大きな被害になると予想できるからな」

父も頷き返す。

ヘンリックも「そういうことでしょう」と相鎚《あいづち》を打って、

「我が領の国税の納税状況は知っているでしょうから、その上で領内にどの程度余裕が残っているか目で見て確かめる、ということだったのかもしれませぬ。あの時点はまだウォルフ様の改善策が何も出てきていないところでしたから、そこで安心していたのが今になって立ち直りを見せているという情報に、慌て出したということでしょうか。

それにしてもそれでウォルフ様の命を狙い、それを失敗したら今日は旦那様を襲撃した、ということだとしたら、あまりに非道がすぎます」

「今の想像の通り数年前から計画して事を進めてきたのだとしたら、今さら後に退《ひ》けないだろうからな。こちらの打開策はことごとく妨害するつもりかもしれぬ」

父は一同を見回して、続けた。

「こうなればいよいよ、塩とセサミについては他に知れないように事を運ぶ必要がありそうだ。ヘルフリート、向こうは塩の湖の場所をまだ知らないと考えていいのだな？」

「はい。探検家の手記を読むだけで知ることはできないはずです。その後、秘《ひそ》かに森へ入って捜索したかどうか、ですが」

「問題の洞窟の入口付近は、ほとんど足跡など見当たりませんでした」ヘンリックが補足した。「少なくとも今年になって大勢が出入りしたことはないだろうと思われます。また昨年までは周囲にオオカミが生息していたということですので、近づくのは困難だったはずです。もしあちらの誰かが見つけたとしたら、試しに塩水を汲《く》み出《だ》すのに人数を頼んで出入りするはずですから、まずそんなことはなかったと考えてよろしいかと」

「ということなら、こちらが塩の湖を見つけて製塩を始めていることも、気がついていないはず。先日の賊もこの屋敷を襲った後は南方向へ立ち去ったというなら、村の作業場には気がついていない。向こうが警戒しているのは黒小麦とゴロイモの調理法だけと考えていいだろう。

それならばこれまで通り、塩とセサミについては絶対知られぬように事を進めよう。場合によっては黒小麦とゴロイモの売り出しについては失敗してみせて、向こうの油断を誘うというのも一つの手かもしれぬ」

「一理ありますな。真剣に検討してもよろしいのではないかと」

ヘンリックの頷きを確かめて、父は僕を抱いて立ち上がった。

「よし、その方針でいく。明日は塩とセサミの秘かな運搬用意。それと、村の作業場というのも一度この目で見ておきたい」

「かしこまりました。準備いたします」

執務室を出て、食堂に向かう。

かなり遅くなったが、夕食の支度ができているはずだ。

食卓に着きながら、父は玄関前で警備をしている二人を呼び寄せた。

「みんなに紹介しておく。騎士団予備隊から我が男爵家付きに来てもらった、テティスとウィクトルだ。テティスは十九歳、ウィクトルは十八歳だったな。二人とも剣の腕前は折り紙付きで、ウィクトルは弓も使う。この二人に当分住み込みで屋敷の警備を任せるので、よろしく頼む」

「よろしくお願いします」と二人は頭を下げた。

テティスは栗色《くりいろ》の髪を肩の付近で切り揃えた、意志の強そうな目をした女性だ。

ウィクトルは短髪の大男で、全体的にクマを思わせるその顔は、どこか愛嬌《あいきょう》がある。

続けて父は今の打ち合わせの結果、塩とセサミについては秘密厳守、ということを全員に徹底した。

それから僕を名残惜しそうにウェスタに委ねて、食事を始める。

「ロータルは今年妻を亡《な》くして、他に身寄りがない。王都に帰り次第、男爵家から葬儀を出してやるつもりだ」

「あのロータルが亡くなるなんて。信じられません、あんなに剣に秀でていたのに」

「御者をしていたところに、いきなり矢を射かけられたのだからな。あいつが剣で不覚をとったというわけではない」

沈痛な様子で、父と母が話している。

それほどにロータルという人は、この男爵家に欠かせない存在だったようだ。

「本当は護衛としてロータルをここに残すべきか、ずっと迷っていたのだがな。今となってはどうしようもない」

「それにしても旦那様、王都への戻りの護衛はどうなさるのですか?」

「ロルツィング侯爵に信用のおける無所属の傭兵《ようへい》を手配してもらえるよう、鳩便《はとびん》で依頼する。ここから侯爵領まで五人程度、それから王都までは三人もいれば、問題なく行けるはずだ」

「道中、くれぐれもご注意をお願いしますね」

「うむ」

妻に頷き返して、父は手元に目を落とした。

「それにしてもこのパンは、話に聞いた以上の美味《うま》さだな。ロータルのことで心から味わえないのが残念だ」

「父上、さっきの話ですが」兄が横から問いかけた。「パンとコロッケの売り出しは、取りやめにするのですか」

「いや、予定通りに進める。逆に、領地復興のために始めようとしていたことを途中でやめるのは、不自然だろう。さっき言ったのは、失敗してもそれで構わない、という程度の意味だ。ある程度販売に成功してもそれが領民の暮らし改善に繋《つな》がるくらいで、すぐ借金返済に充てるまでにならないなら、問題にならないだろう」

「そうですか」


食後ヘンリックが入ってきて、今後当分の護衛体制について報告をした。

夜は、二階廊下でテティスが寝ずの番をする。ふだんの二階は女主人と息子、女使用人の寝室のため、女性騎士の警備がいいだろうという判断だ。

テティスは朝の一刻にウィクトルと交代し、昼の一刻まで睡眠をとる。

ウィクトルの睡眠時間は夜中の一刻から朝の一刻の間となる。

午前中は皆外出を控えて、ウィクトルの目が届く範囲に集うようにする。

午後からは二人の護衛のどちらかが付き添って、外出はできる。

なお、村人有志の警備は、彼らの強い希望により継続することになった。

体制はこれまでと同様なので、夜は外が村人の交代制、二階がテティスという配置になる。

村人たちの警備は製塩とセサミの作業と折り合いをつけて当番を組んでいるので、すべて合わせて塩とセサミが販売ルートに乗った後、報酬が支払われることになっている。

一通り聞いて、父は「いいだろう」と認可した。


夜が更けて、父は僕を抱いて立ち上がった。

「今夜は家族みんなで一緒に寝るぞ。ウォルフ、お前もだ。一緒に来い」

言い放って、ずんずんと階段を昇っていく。

夫婦の大きなベッドに、四人並んで横になった。

奥から、母、兄、僕、父の順になり、僕はほとんど父の腹の上に載せられる格好になる。

「本当にルートルフは重くなったな。今度帰ってくるときにはこうして抱くのにも苦労するかもしれぬ」

「うー」

「こんな幸せな夜を過ごすと、王都に戻るのが辛《つら》くなってしまうな」

「旦那様は、家族でいるのがいちばんの望みですか」

「当たり前だ」

「そう言っていただくと、わたしも幸せです。でも……」

「どうした」

「いつもはこんなことを口にするのは恥ずかしいと仰《おっしゃ》るのに、今夜はそうしないというのは……もっと我慢していらっしゃることがあるのでしょう？」

「…………」

「家族とは、また今度ゆっくりできる夜があります。でも今夜は、今夜しか手向《たむ》けられない方に旦那様のお心を向けても、よろしいのですよ」

「……ああ」

はああ、と僕の頭に、熱い息が落ちてきた。

「……十五年来の、友人だった。領主を継いでから十二年、あいつとヘンリックがいなければ、やってこられなかった」

「はい」

「誰にも言っていないがな、あいつの受けた矢、あいつに当たらなければ馬車の中の俺に届いていたんだ。そのつもりはなかったかもしれぬが、結果的にあいつは俺を守って死んだのだ」

「まあ……」

「馬鹿な奴《やつ》だ。俺より一つ若いくせに、先に逝ってしまいやがった。……その功績に最大限に報《むく》いてやりたいのに、残された家族も誰もいないときている。せめて俺が、立派に送り出してやる」

「はい」

「あとは、俺はあいつが天から羨《うらや》むような家庭を作ってやる。こんな可愛《かわい》い妻と、頼もしい息子がいる。悔しかったら化けて出てこい、とな」

「く……」

「ぐ……ウォルフ」

「……はい」

「みっともない泣き虫の父と母だが、笑わないでくれ」

「笑いません」

「そうか」

「……笑いません……」

そのまま、頭に熱い頬を擦りつけられ。

三人分の啜《すす》り上げに包まれて。

たぶん、僕がいちばん先に眠りに包まれていた、のだと思う。


翌日の父は、うって変わって意欲的に行動した。

朝早くからキッチンで、ランセルによる黒小麦パンの製造過程を見学する。

朝食後には、村の塩やセサミの作業場を見るのだと出発する。

午前の勉強を休みにした兄と、しばらく日光浴散歩をできなくていた僕も、同行する。

この日は護衛の二人がずっとつくことになって、外出対象は固まっている方がいいという、父の判断だ。

なおいつも通り僕がザムの背に跨《また》がると、ひとしきり父の興奮の弁があった。

前日はいろいろあって、ザムの紹介ができていなかったのだ。

「報告は読んでいたが、実際この目で見るとやはり驚きだな。大人しく赤子を乗せて歩くオオカミなど、聞いたことがないぞ。本当にルートルフには柔順なわけか」

「私とルートの命《めい》に逆らったことはありません」

「ふうむ」

手紙の報告で知っていた父はともかく、予備知識なく初めて目にした護衛の二人は、今にも顎が外れそうな驚きようだ。

配置の上でザムのすぐ横を歩くことになった大男のウィクトルは、どこか腰が引けた格好になっている。

「絶対暴れ出すとかないんでしょうね？」

「大丈夫ですよお。いつもはわたし一人が付き添いなんですけど、ちゃんとお利口に言うこと聞いてくれますう」

逆側でザムの脇を歩くベティーナが、あっけらかんと応える。

さすがに九歳の女の子より臆病に見られるわけにはいかないと、ウィクトルも肝《きも》を据えたようだ。

一方で兄の傍に従うテティスは、最初の驚きが去ると、その後は興味深そうな視線をザムに向けているようだ。

なお不寝番明けの彼女は、今日だけはこの外出が終わるまで休憩を先延ばしにすることにして、ことさら気を引き締めた表情になっている。

久しぶりの外出でご機嫌のザムと僕は、きゃっきゃ、うーうーと声を交わし、しきりに首を撫でながらの道行きだ。その実内心では、すぐに足を速めようとするザムを宥《なだ》めるのに苦労したりもしていたのだけど。

村人たちの大歓迎を受けながらの視察は、内容でも父に満足をもたらしたようだ。

塩を煮詰める女たちの汗まみれの仕事を労《ねぎら》い、「塩の品質が確かめられたら、本格的な作業ができるように大きな鉄鍋を購入しよう」と約束している。

セサミの種の乾燥は一通り終わり、担当者は現在塩の作業に合流している。

油の絞り方については父も秘かに調査中で、目処《めど》がついたらその作業が入ってくる、という話をする。

最も父が興奮を見せたのは、クロアオソウの栽培小屋を見てだった。

「実を言うと、これがいちばん実際に見ないと信じられないものだったのだ。この寒空の下、本当に屋内で野菜が育てられているのだな。『光』加護の者たちのお陰と聞いている。ご苦労であるな」

声をかけられて、この日の『光』担当の者たちは、感激の顔で礼を返していた。

「しかも本当に、塩やセサミの乾燥にも役立っているのだな。ウォルフの発想には、まったく恐れ入るぞ」

「ご満足いただけて嬉しいです。父上」

「いや、満足という程度の話ではない。これは国中に誇ってもいいほどの、快挙だぞ。今しばらくは王都で自慢を広げるのは慎《つつし》むが、どこまで我慢できるか心許《こころもと》ないくらいだ。お前は本当に、どこに出しても自慢できる領主後継者だ」

「父上……」

感激半分困惑半分、といった態《てい》で、兄は救いを求める目を僕に投げてくる。

しかし、当然無視。

──頑張ってください、兄上。

その後塩の作業場に戻り、立ち話ながら村の代表者たちと打ち合わせをした。

塩とセサミについては、外部に秘密厳守を徹底すること。これらについては他領に知られないように販売先の確立を目指す。

村から屋敷の警固に来ている者たちには、南からの街道の出入りにも目を光らせてもらう。外部からの侵入者に作業場を見られることのないよう、十分注意を払ってもらいたい。

ゴロイモの調理法についても、口外禁止。来年夏頃までに大学への論文提出などで信憑性の後ろ盾《だて》を得て、来秋の収穫の価値を高められるようにしたい。

その前の実績作りと現金収入獲得のために、年末を目標に黒小麦パンとコロッケの販売を目指す。

その際の調理担当を村の者から募りたいので、今から育成と選出をしておいてもらいたい。

当初の予定に比べて野ウサギ肉やクロアオソウ、ゴロイモの分の食糧事情が向上しているので、村の貯蔵分から販売に回す黒小麦とゴロイモを出すことができそうだ。

といった、内容だ。

領主から直接今後の方針を伝えられて、村民一同ますますやる気を見せている。


屋敷へ戻って、昼食後。

昨日と同じ顔ぶれで、執務室の打ち合わせを再度行った。

僕は当然、父の膝の上。

「領民たちと話したところ、昨日の確認通りの方針で行けそうだ。問題はやはり、秘密徹底ができるかだな。ヘンリックとヘルフリートの検討では、どうだ？」

「このような計算が出ました」ヘンリックは記入した木の板を前に出した。「以前から流通している塩とセサミの相場から類推して、順調に販売に乗せることができれば、来秋に設定されている借り入れ分の返済必要額に当たるだけ、春までに利益を出すことも可能かもしれませぬ」

「そうか。それが実現できれば大きいな、早期に東の森の所有を確定できれば。課題は、事前にこちらの動きを知られて妨害を受けぬようにすること。あと残るは、野ウサギ被害をいかに防ぐか、か」

「は。その件につきましてはやはり、雪解けの時期を見計らって一気に討伐をかける以外ないかと。他領や王都からの援軍が必要になりましょう」

「うむ。その件も当たってみる。これは向こうに動きを知られずに進めるのが難しいが、ぎりぎりまで引っ張れば、妨害することもできぬだろう」

「さよう考えます」

頷き合って。

その話題に区切りがついたところで、兄が質問した。

「父上、昨日出たオオカミの件ですが。想像通りどこかへ誘導されていったとして、殺されたかそれ以上移動できなくされているか、ですよね。その辺を調べることはできないでしょうか」

「調べは入れてみます」これには、ヘルフリートが応えた。「しかし向こうも外部からの出入りを注視しているでしょうし、すでにかなり雪が積もり出しているので、たいへん困難です。森の向こうの領地側付近を調べる必要がありますが、地域的にこちら以上に積雪が多く、近づくのは難しいのです。こちらから森を越えていくのも夏場ならともかく、この季節では岩山の隙間を抜けなければならないことなどから正気の沙汰ではない、という現実ですし」

「そうなのか」

「冷静に考えて、春までに借り入れ返済の目処を立て、野ウサギの駆除、その後でオオカミの調査、という順序が妥当と思われます」

「分かった」

緊急にロルツィング侯爵に依頼した護衛が到着して、父とヘルフリートは慌ただしく出発した。馬車にはロータルの棺《ひつぎ》と、塩とセサミのサンプルを積んでいる。

残された領主邸では、護衛二人を加えて新しい生活が始まる。

テティスとウィクトルは平民の出で、王都の騎士団予備隊という機関を出て『騎士』と呼ばれる身分になっている。

これは法律等の決まり事ではないが、貴族の子弟などと混じって職に就くことが多いことから、慣例上平民の中で最上位扱いされるということだ。

夜中の二階の廊下には、絶えずテティスのひそめた足音が聞こえるようになった。

午前中の勉強はやはり居間で行うようにして、戸口には必ずウィクトルが立つようになった。

午後からの外出には、必ず二人のどちらかがつく。基本、兄の村の作業視察にはウィクトルが、僕がザムに乗っての散歩にはベティーナとテティスが付き添う習慣になった。

屋敷の横の厩舎《きゅうしゃ》に、護衛二人の騎馬が繋がれるようになった。

父が王都に戻って一週間、十一の月の四の空の日になると、そろそろそんな習慣にも皆、慣れてきていた。


ザムと僕を挟んで歩くベティーナとテティスも、親しく世間話をするようになっていた。

「テティスさんはいつ見ても、背が高くて姿勢がよくてカッコいいですう。王都にはテティスさんのような女性騎士が大勢いるんですかあ？」

「他の地よりは多いだろうがな。男性に比べると決して多くはない。騎士団予備隊を出ても正式の騎士団に入ることはなく、仕事は貴族の婦女の護衛職に限られるからな」

「騎士団には入れないんですかあ？」

「入った前例はないはずだ。騎士団は王宮や国を護る戦闘に赴くのが任務だが、実際の戦闘ではやはり、女性は男性に体力的に敵《かな》わない」

「でもでも、テティスさんは予備隊で、男性に混じって剣技の大会に出て準優勝だったって、ウィクトルさんに聞きましたよ」

「純粋に剣技だけで争うルールの大会だったからな。実際の戦闘では、個人同士の争いになっても剣だけではなく、押し合いへし合い殴り合い蹴り合いが入ってくる。体格や体力に劣る者は生き抜けられない、そんなものだ」

「そうなんですかあ」

「それにわたしの加護は『水』だからな。その点でも不利だ。予備隊の競技会でも、剣だけでなく加護も使っていいルールだと、まず勝ち抜けない。『風』や『火』には後れをとる」

「わたしも加護は『水』ですけど、そうなんですかあ？　『水』は不利？」

「くわしくは言えないが、一対一で正対しての対戦だと、『風』や『火』に劣ると言えるな。ただ、今のような護衛の上では心配いらないぞ。そんな正対しての不利など生ずる前に、剣で相手を退《しりぞ》けるだけの腕に覚えはある」

「頼もしいですう」

歩きながら、テティスから殺気とか苛立《いらだ》ちとかそんなものが漏れ出てきているのだろうか。ときどきザムの歩みが落ち着きなくなりそうなのを、僕は何度も首を撫でて宥めていた。


その日の夜、布団に入ってからの何気ないお喋《しゃべ》りのついでに、昼間のことを兄に尋ねてみた。

正対しての対戦で、『水』は不利になるものなのか。

「ああ、確かにそういう傾向はあるようだ」兄は頷いて応えた。「前にも言ったが、『水』も『火』も同じように対戦の中で相手を一瞬怯《ひる》ませるような、そんな使い方ができる。だけど『火』ならまちがいなく、あちち、って感じで怯ますことができるけど、『水』だとつまり、コップの水をバシャッとかける程度だからな。相手が予想して覚悟していれば、目を閉じることもなく攻撃の手を緩めず続けてくる、ということになりかねないんだ」

「ふうん」

「どの加護も使い方次第なんだろうけどな。一般的にはそんな受け止めになっているみたいだ」

「でも」

こんなことはできないのか、と問うと、兄は目を丸くした。

「いや、できる――かもしれん。『水』の加護の者に聞いてみなきゃ分からんが」

結局ここでは結論は出ない、ということでその話は打ち切りになった。

13 赤ん坊、攫《さら》われる

夜中はテティスが二階を警固する。

午前中はウィクトルが居間を警固する。

土の日は午前の勉強も午後の村視察もないので、昼食後兄は、二人に剣の稽古をつけてほしいと頼んだ。

先日兄が危険な目に遭ったことを知っている二人は、快く承知した。

武道部屋で、木刀を握っての稽古になる。

ちなみに僕は、ザムの寝床に一緒に丸まって、ふっふきゃっきゃしながら見学することにする。

何であれ警固対象二人が同じ部屋にいるのだから、二人の護衛としては他を気にすることなくいられるはずだ。

「世辞や手加減はいらないから、襲撃を受けた際俺が少しでも長く持ち堪《こた》えられるように、鍛《きた》えてほしい」

「分かりました。私が打ち込みますので、ウォルフ様は受けてください」

ウィクトルが木刀を構え、すぐに振りかぶりながら踏み込んだ。

手加減するなと言われてももちろん全力ではないだろうが、かなり重い音が、受けた兄の木刀に響く。

手が痺《しび》れたらしく、兄は木刀を取り落とした。

「すみません、強すぎましたか」

「いや、これでいい。当面はこれを受け止めるのが、目標だ」

次は、軽く剣を二三合打ち合わせてから。

すぐに切り返したウィクトルの太刀筋《たちすじ》は、兄の木刀を払い落とした。

「くそ」

すぐさま拾い、兄は構えを戻す。

そんな打ち、受けを何度もくり返し、兄の息が弾み出した。

ずっと鋭い目で観察していたテティスが、声をかけた。

「ウォルフ様の受けの力は、十一歳としてはかなり力強いと思われます」

「世辞はいいと言ったぞ」

「お世辞ではなく、客観的な目での評です。ウォルフ様もしかして、加護をお使いですか」

「うむ。加護の『風』を常に剣にまとわすことができるよう、いつも訓練している」

「そこはかなりよくできていると思います。『風』は受けでも剣に力を増すことができるようです」

「うむ」

「ただもう少し加護の込め方にも強弱をつけて、受けの瞬間に合わせられるようにしたらいかがでしょう」

「うむ、やってみよう」

それからまたしばらく続けて。結局兄はウィクトルの打ち込みを受け返すことはできなかったが、手応えは摑《つか》んだという様子だ。

板床に座り込んで汗を拭《ぬぐ》いながら、兄は二人と稽古の感想を話し合っていた。

教師役の二人から一通り改善注意点の指摘を受けて、素直に頷《うなず》いている。

そのうち会話は雑談に近くなって、

「それにしても、ウォルフ様の『風』の加護は、羨ましいです」

「まだまだこれからも、剣技の向上に活《い》かせる余地がありますからね」

テティスとウィクトルの溜息《ためいき》をつくような言い分には、兄は首を傾《かし》げた。

「二人とも加護は『水』だと言ったな。『水』も、接近戦に活かす方法はあるのではないか？」

「『水』は所詮、単なるこけおどしですから」

「相手に予想されていたら、ほとんど効き目はありません」

「そうなのか？」兄は首を傾げて、「しかしたとえば、こんなことはできないのか？」

兄の提言に。

護衛二人の目は、揃《そろ》ってまん丸に瞠《みは》られた。

「いや、それは……」

「やればできるかもしれませんが……」

「問題があるか？」

「いえ、その……」テティスは口ごもりながら応える。「ウォルフ様にお分かりいただけるか、心《こころ》許《もと》ないのですが。騎士としてそういう行為は品位に欠けるとか卑怯《ひきょう》だとか、そんな評価になると思われます」

「私が教えを受けた剣の師も、そういう邪道は認めないと思います」

「俺も騎士候補合宿でそのような品評の言い回しは聞いたので、分からないではない。しかし二人の仕事は護衛であろう？　護衛として大切なことは、何だ？」

「あ……」

呻《うめ》きを漏らして、ウィクトルは同僚と顔を見合わせる。

テティスは難しい顔で、まだ考え込む様子だ。

「俺も剣技を学ぶ上では、その品位だとか美しさだとか、大切な要素ではあると思う。貴族の端くれとしてはなおさら、だな。しかし先日賊の襲撃を受けて命を失いかけた際、形振《なりふ》り構《かま》わない加護の用い方をして、一瞬時間を稼ぐことで危ういところを免れた。

修行の上で美しさは貴《とおと》くても、戦闘や護衛の場では何の価値もない。護《まも》るべきものを護り敵を討つこと以上に、重きを置くべきことはあるだろうか」

「は」

「いえ……」

さらにややしばらく思考を巡らせて。

いきなりウィクトルは立ち上がった。

「確かに、ウォルフ様の仰《おっしゃ》る通りです。そのご提案いただいた方法、試してみたいと思います。テティス、稽古の相手をしてくれないか。ウォルフ様、しばし稽古の時間をいただいてよろしいでしようか」

「ああ今日は予定がないから、構わない」

「ありがとうございます」


頭を下げて、二人は剣をとって立ち合いを始めた。

最初はややためらいがちだったテティスも、身体を動かすうち熱が入ってくる様子だった。

兄は床に胡座《あぐら》をかいて、僕はザムの腹に寄り添い丸まって、ずっとその手合わせを見つめていた。

二人が騎士としての正道を志して歩んできたのだとしたら、申し訳ない提案をしたのかもしれない。


しかしこれは、ぶっちゃけた話、僕らにとって必要なことなのだ。

護衛が形振り構わず戦ってくれるという信頼がなければ、安心して身を任せられない。

たとえば先日兄を襲った賊は、かなり剣技に秀でているように見えた。もしテティスやウィクトルがあの賊と対峙《たいじ》して、剣技及ばず敗《やぶ》れたとしたら、惜しい残念でした、では済まないのだ。

たとえ力及ばなくても、何としても護衛対象の安全を図り時間を稼いで逃がすのが、護衛の務めなのだ。

申し訳なくはあるが、彼らには護衛として精一杯の務めを果たしてもらわなければならない。

翌日以降も外出などの合間を使って、兄と二人の稽古の時間をとっていくことにした。

そうしている間も、領地でこれといった問題は起きていない。

製塩作業は、以前汲《く》み出《だ》してきた分の塩水を使い果たした。その後数名の村人が雪に沈まない木の板の道具を足に着けて森に入り、追加の塩水を搬出してきて、作業は続けられている。今後これより雪が深くなったら難しいと、一冬の作業に十分な量を運んできたという。

王都では黒小麦パンとコロッケの販売の目処《めど》が立ったということで、村の女性五名が調理要員として出立した。さっそく調理したパンとコロッケを父と親しい貴族や商人に試食してもらったところ、好評を得たという報《しら》せがあった。

十二の月の二の週から、持ち帰り販売の形式でパンとコロッケを王都で売り始めるということだ。

少しずつ、領地の収入を得る施策が形をとり出している。

その分、どこぞの貴族からいつどんな干渉があるか分からない、警戒を強めよう、とヘンリックから屋敷のみんなに注意があった。

この間に、僕は生後八ヶ月を超えた。

生まれが一ヶ月遅いランセルとウェスタの娘カーリンはもうつかまり立ちを始めたらしいが、僕はまだだ。ここに来て成長を追い越されたみたいで、少し落ち込む。

僕についてはクル病の件があるので、ベティーナや兄にも母から、無理に立たせるようなことをしないようにと注意がされているらしい。

しかし落ち込むのも少しだけなのは、あまり不自由を感じていない、というせいがある。

ベティーナと兄の抱っこやおんぶは快適この上ないし、何より兄には意思が通じるので、ほぼ行きたいところへ連れていってもらえる。

しかも外出時などには、それ以上に快適な、ザムの背中という乗り物がある。

負け惜しみでも何でもなく、まったく不自由なく快適なばかりなのだ。

しかもしかも。僕の不調判明と母の快復が重なった、その幸運な偶然のせいで。食事前後や寝る前など、以前とは比べものにならない長時間、母に抱かれることができているのだ。

これに勝《まさ》る幸福など、願っては罰が当たる、以外の何物でもない。

日光浴と栄養補給の成果だろう、ひと月前に比べると、少しは足に力が入る感覚も出てきているのだが。僕はすっかり現状に満足して、無理な努力をする気を失っていた。

この状況を、僕はその後、悔やむことになる。


十二の月の三の週になると、平地でも地面がすっかり雪に覆われるようになった。

それでもザムは足が冷たいということがないらしく、元気に僕を乗せて歩いてくれる。

この日も、ベティーナとテティスをお供に村まで散歩だ。

製塩作業場では村人たちが明るく働き、兄とウィクトルが間を縫《ぬ》って見て回っていた。

王都の父から塩が売り物になる目処が立ったと連絡が来て、ますますみんなのやる気に拍車がかかっているらしい。

また黒小麦パンとコロッケの販売も好調だということで、ますます村に明るさをもたらしている。

戸口から覗《のぞ》き、目の合った人に両手を振って愛嬌《あいきょう》を振りまき、その場は後にした。

ほとんど日課にしている通り、あとはクロアオソウの栽培小屋を覗いて、ここにも愛想をまいていく。

村の子どもたちの歓声ももらって、一通りノルマは終了。お供を連れて屋敷への帰途についた。

「うーー、寒い」

村の家並みを出ると、道の両側に何も遮るものがなく寒風が吹きさらしの状態がしばらく続く。

少し進むと木立の密集が道の傍《そば》まで迫る箇所があって少し風が遮られるので、ベティーナは先んじて足を急がせた。テティスもザムも異論なく、それに歩調を合わせる。

――の、だが。

「ウウウーー」

いきなり、ザムが唸《うな》り声《ごえ》を上げて足を止めた。

ぴったり傍についていたテティスが、たたらを踏みかけた。

「どうした、ザム？」

かけられた声にも気づかない様子で、ザムはすぐ前の木立を睨《にら》みつけている、ようだ。

数歩前に出かけていたベティーナが、戸惑いの顔で振り返る。

「ザム、どうしたの？」

「ウウーー、ワウ！」

唸り、吠《ほ》えかけた。次の瞬間。

木立の陰から、馬が飛び出してきた。

人が乗っている。黒ずくめの服装の、男？

「何者だ！」

テティスの誰何《すいか》より早く、ザムが前に出た。

そこへ。馬上の男が何かを投げつけてきた。

ザムの鼻先に命中して、何か粉のようなものが散らばる。

「ぐわ、キャン！」

「ざむ！」

目潰しだ、と咄嗟《とっさ》に僕は手で顔を覆った。

しかしまともに食らったザムは、苦悶《くもん》の様子で横転してしまう。

「ルート様！」

慌てて駆け寄ったベティーナが、宙に投げ出された僕を抱きかかえる。

ナイスキャッチ。

しかし。

両手で僕を抱いたベティーナは顔を覆うこともできず、散り乱れた粉をしこたま吸い込んでしまったようだ。

「な――ゴホゴホゴホ――」

そのまま雪の道の上を、咳《せ》き込み転がり続ける。

「何者だ、貴様！」

すぐに駆け寄ってこようとするテティスと僕らの間に、襲撃者は馬から下りて立ちはだかっていた。
抜いた剣を突きつけられ、テティスも剣を抜く。
一瞬後には、もう最初の剣の打ち合わせが響き渡っていた。
「無駄な抵抗だ、女」
「何を！」
低い声の応酬に続いて、さらに剣の打ち合いが、二度、三度。
キン、キン、と金属音が響き渡る。
剣の実力は、拮抗《きっこう》しているか。
思ううち、二人の身体は接近し、鍔迫《つばぜ》り合《あ》いの形になっていた。
こちらを向いたテティスの顔は、鬼のよう。
対する男の顔は、見えない。
男の顔がこちらを向いたなら『光』で攻撃もできるのだが、その隙は見えないのだ。
咳き込み続けるベティーナに抱かれた状態で、僕の姿勢も安定しないし。
なすすべなく見ていると。
ふと、男が鼻で笑った、ような。
次の瞬間。テティスの顔に、炎が吹きかけられた。
「ぐわ！」
加護の『火』だ。

堪《たま》らず顔を逸《そ》らすテティスを、すかさず男の剣を持つ手が押し飛ばす。

よろけたテティスに、男の足が飛ぶ。見事に鳩尾《みぞおち》に蹴り込まれて、女護衛の身体がくの字に折れ曲がる。

「が――ゲホゲホゲホ――」

地面に膝をついたテティスに目もくれず、すぐさま男は振り返った。

「ぎゃあ！」

こちらが何をする余裕もなく、ベティーナが蹴り飛ばされる。

上向きになった僕を乱暴に掴みとり、懐から出したものを被《かぶ》せてくる。

粗布でできた袋、だったようだ。あっという間に包まれて、僕は無造作に担ぎ上げられていた。

何も見えないまま、担いだ男ごとふわっと跳び上がった感触は、馬に跨《また》がったということらしい。

次の瞬間には、僕は疾走の感覚に包まれていた。


つまり、どうやら僕は、人攫いに遭ったということのようだ。

疑いなく、計画的な。

オオカミのザムの対策として目潰しを用意していたというのもそうだし、この僕を収めて背負うために用意したらしい袋もそうだ。この先街道を馬で走るにあたって、僕が暴れたり人に見とがめられたりを避けるための準備だろう。

反面それは、すぐに僕の命をどうこうするつもりがないらしいという想像にも繋《つな》がって、ほんの少しだけ安堵《あんど》する。

つけ加えると、おそらくこの男、テティスの剣の実力も事前に調べての犯行なのだろう。テティス自身の引け目でもある、純粋な剣技だけなら拮抗しても鍔迫り合いからなら腕力任せで圧倒できる、そんな見込みを確信して、ということなのではないか。


そしてもう一つ、僕が気づいたことがあった。

この、黒ずくめの服装の男。

ほんの数語だが、テティスと交えた会話の声。

さらに、こちらを振り向いたとき一瞬見えた、赤い目。

まずまちがいなく、前に兄を襲った賊と、同一人物だ。

以前兄の命を狙った男が、今度は僕を生かしたまま連れ去ろうとしている。

手段は異なるが、目的はおそらく同じだろう。

父の借金返済の妨害だ。

前回は、兄が直接領地の財政回復に影響していると知って、排除しようとした。

しかし僕については、まずまちがいなく、兄の協力者だとは思っていない。知る由《よし》もないし、たとえ誰かに言われたとしても信じられるはずもない。

だからこその、生かしたままの連れ去りなのだろう。

と考えると、目的は明らか。

身代金目当て、営利目的というやつだ。

おそらく王都でのパンとコロッケの販売好調の噂《うわさ》を聞いて、その利益分を奪いとろうという発想なのではないか。

そう考えると、すぐには命を奪われないだろうという想像に、裏打ちを得た気になる。

そうは思っても、安心しきるわけにもいかないのだが。

相手にその気がなくても、結果的にどうなるかの保障は、まったくない。

何しろ体力的に人様に自慢できる要素のまるでない、病気持ちの赤ん坊なのだ。

乱暴にされたら、死ぬ。相手にそのつもりがあろうがなかろうが、ひょっこり息を引きとって、何の不思議もない。

今現在も、疾走する馬の背、その上の騎手の背中で、袋に包まれて何に摑まることもできず、いいだけ揺られ続けている。

ひっきりなしに男の背に弾み、ぶつかり、揺られ、今にも不快のあまり嘔吐《おうと》しそうだ。

死ぬ。死ぬる。

いつ息絶えても、何らおかしくない。

誰か、助けて――。


天にもどこにも、声は届かず。

永遠にも思えるほど、その不快な状況は続いた。

ほとんど気も遠くなりかけた、頃。

ふと急に、馬の走りが緩んできたような。

目的地に着いた、か？　いや――

辺りの気配を窺《うかが》うと。やや遠く、後ろに、別の馬の駆ける音。次第に近づいてくる。

ち、と男の舌打ちが聞こえ、馬は停《と》められた。

どすん、と僕は袋ごと地面に下ろされた。おむつ越しながら打ったお尻が、痛い。


間もなく、すぐ近くにもう一頭の馬が停まる、足音といななきが聞こえてきた。

何とか苦労して袋の口を開け、僕はぴょこんと頭を突き出した。

数歩離れた馬から飛び降りたのは、テティスだ。

迎える黒装束の男は、余裕の顔で剣を抜いた。

「性懲《しょうこ》りもなく、またやられに来たか」

「わたしの主《あるじ》を、返してもらう」

「女の命を奪う趣味はないから、さっきは見逃してやったものを。うるさいから、今度は容赦しないぞ」

「こっちの科白《せりふ》だ」

表情を変えず、テティスは愛剣を抜き払った。

すぐに、キキーン、と金属の衝突音。


二度三度、続けざまに打ち合い、弾《はじ》き合う。

上へ下へ、目にも留《と》まらぬ速度で剣が繰り出され、受け止められ。火花が散りそうなほどに。

やはり剣を繰り出す技量は、拮抗して見える。

しかしさっきは、鍔迫り合いの形で静止した次の瞬間、男の『火』と力任せの押し払いで、テティスは体勢を崩されてしまったのだ。

前に兄や護衛二人が言っていたように、戦闘中の『水』なら予期して肝を据えていれば受け流せる。しかし『火』は実際に痛みを伴うし、まして女の身で顔を狙われて、平然と流すことはできない。

この二人の間には、剣の技量以外に腕力と加護の差が横たわっているのだ。

「調べはついているぞ、女。貴様の加護は『水』のはずだ。こうして剣を互角近く交えていても、それ以上のことはできん。貴様に俺をしのぐものはない」

「うるさい」

さらに数度、打ち込み払い合って。

息を計って、男はぐいと踏み込んだ。やや斜めに傾げた剣で、テティスはそれを受け止めた。

またさっきの再現の、鍔迫り合いだ。

一瞬、にやりと男の口角が上がった。

すぐにやや二人の身体が向きを変え、僕に見えるのは男の背中だけになった。

背中相手では、僕の『光』は使えない。

また本来なら護衛が時間を稼いでいる間に少しでもここを離れるべきなのだろうが、僕はまだつかまり立ちさえできない身なのだ。訓練を怠っていた我が過去が、悔やまれる。

逃げられない。援助もできない。

僕にできるのは、テティスを声なく応援することだけだ。
――何とか、してくれ。
勝利を確信して、男は互いの呼吸を推し測っているようだ。
一息、二息。
次の瞬間、テティスの顔の前に、炎が上がった。
同時に、テティスは自ら相手の剣を押しのけた。
体重の差、故だろう。男の方にふらつきはなく、テティスは後ろへ向けてよろける。
「死ね！」
大振りではなく、男は鋭く剣を突き出す。
間一髪、それを躱《かわ》し。
身を庇《かば》うようにテティスは片手を突き出した。
男の剣が横払いに変わりかけ。刹那《せつな》。
「ぐわあ！」
男の絶叫。
追って、テティスの剣が男の腹を切り払った。
「ぐああ――」
黒装束が、雪道の上に横倒しに落ちていく。
目もくれず、テティスは血刀を提げたままこちらに駆け寄ってきた。

見ると、左の二の腕の袖が切れ、血が滲《にじ》み出している。

今し方の躱しも、本当に紙一重だったらしい。

「ルートルフ様、お怪我《けが》はありませんか！」

「うーー」

両手を差し出すと。

僕は下半身に袋をまといつかせたまま、勢いよく女性騎士に抱き上げられていた。

「よかった、よかった。怖い思いをさせて申し訳ありません、ルートルフ様――」

力ずくで抱きしめられ、涙混じりの声をかけられ。

苦しい、と思いながら。

もうすでに、赤ん坊の体力は限界を超えていたのだ。

ゆっくり、僕の意識は薄れていった。


目覚めると、温かく柔らかな感触に包まれていた。

その上、何とも甘美な心馴染《なじ》む香り。

この上なく落ち着く、母の懐だ。

我が身の在《あ》り処《か》を確かめると、僕は再びうっとり瞼《まぶた》を閉じた。

もうしばらく、また幸せな眠りに戻りたい。

しかしその思いは叶《かな》わず、わずかな身じろぎを端《はた》から見とがめられてしまったようだ。

「あ、ルート様今動きましたよ。目が覚めたんじゃないですかあ？」

「あら、本当」

優しく、揺すり上げられる。

観念して、とろりと僕は瞼を持ち上げた。

「よかった。ルート、具合は大丈夫か？」

「大丈夫みたいですう。穏やかなお顔ですう」

「そうね、もう大丈夫みたい」

ゆっくり見回すと、居間のソファの上だ。

僕は母の膝の上。両側に膝をつくようにして、兄とベティーナが覗き込んでいる。

少し離れて、イズベルガが控えている。


他の人の顔は見えないが。

兄が立ち上がって、戸口の方へ呼びかけた。

「テティス、ルートが目を醒《さ》ました。もう大丈夫だ」

「それは祝着《しゅうちゃく》。安心いたしました」

戸口に、テティスとウィクトルが姿を見せた。

テティスは左腕に包帯を巻いているようだ。

「本当に、お前のお陰だ」

「いえ、ルートルフ様を攫われたのはわたしの責任です。我が未熟を恥じるばかりです」

「とにかく取り返してくれたのは、お前だ。感謝する」

「もったいないお言葉です」

そんな兄と護衛のやりとりの間にも。

僕の足にひしと抱きついて、ベティーナは顔を押しつけてきていた。

「よかった。ルート様、本当によかったですう。ルート様にもしものことがあったらと、生きた気がしなかったですう。何かあったら、わたしのせいです……」

「ベティーナ、子守りは護衛ではないのですから。あんな恐ろしい賊に襲われて、仕方なかったのですよ」

母が手を伸ばして、少女の頭を撫《な》でていた。

ふと「くううーーん」という聞き慣れないほどの弱々しい声に下を覗くと、ソファの足元にザムが丸まっているのだった。

初めて見る情けない顔つきで、彼もベティーナと同じ思いなのだと分かる。

相手の悪辣《あくらつ》な手口に仕方なかったのだと慰めてやりたいが、声をかけるわけにもいかない。後でゆっくり、存分に撫でてやりたいと思う。

ザムもベティーナも、精一杯僕を護ろうとしてくれたことに、まちがいないのだ。

「本当によかった。テティスさんが追いついて、ルート様を取り返してくださって、本当によかったですう」

「その点は、本当に幸運だった。追いつくことができるか気が気でなかったが、馬の差か、乗っている者の重みの違いか、侯爵領に入る手前で追いつくことができました」

「そこは本当に、神に感謝ですね」

母がゆっくり、頷く。


テティスが騎馬で追跡を始めるまでのいきさつは、くわしく聞かなくても分かる気がする。

最初に襲撃された場所は、屋敷までもう少しの距離だった。

賊が去った後すぐに立ち直って、屋敷に駆け込み馬に飛び乗ったということだろう。

ベティーナとザムが悶絶《もんぜつ》しているままではあるし、家の誰かに事情を告げるくらいはしたのだろうか。

それからの時間は僕にとって気が遠くなるほどの長さだったが、ほどなく追いつくことができたのは、本人の言う通り幸運が味方したということもあったのだろう。


「賊を生かして捕《と》らえることができれば背後にいる者を訊《き》き出すこともできたのでしょうが、手加減できませんでした。わたしの未熟です」

「そこはそれこそ、仕方ないだろう。腕前は拮抗していたのだろうから、勝利できただけで最善の結果と思うべきだ」

兄の言葉に、いつの間にか姿を見せていたヘンリックが同意した。

「真《まこと》にさようでございます。賊は何者かに雇われた殺し屋の類《たぐ》いと思われますが、こちらの内情をかなり調べた上での犯行のようです。調べた上で自分はテティスを上回ると確信していたのでしょうから、それを退《しりぞ》けただけで大手柄と言えます。

雇った者については想像するしかありませんが、営利目的の誘拐と思われますので、可能性は絞られることでしょう」

「こんな納税にも窮している男爵家の子どもを身代金目的で攫うのに大金はたいて殺し屋を使うなど、うちの直近の財政事情を知る、王都の貴族事情に通じた者としか、考えられないな」

「さようでございます。とにかくにも賊の遺体を王都の旦那様のもとへ送って調べてもらえば、何か判明するやもしれませぬ」

「うむ。すぐ手配してくれ」

「かしこまりました」

ようやく居間の中にも、穏やかな空気が落ち着いてきた。

遠く外を見ると、すっかり暗くなっている。とうに夕食を過ぎた頃合いなのだろう、と思う。

ヘンリックが出ていって、ウェスタが何やらカップを持って入ってきた。

「ルートルフ様に、温かいものをと。キノコのスープです」

「わたしが飲ませますね。ここに置いて頂戴」

ということで僕は、母の手から熱いスープをいただいた。

離乳食にも慣れて、最近はこのような半固体の入ったスープだけで満腹することができるようになっている。

肉親や子守りや護衛たちの生温《なまぬる》い視線を向けられながらの食事は恥ずかしくもあったが、やはり母から口に入れてもらうスープは至福の味わいだった。

にこにこと僕を眺めていたテティスが、ふと思い出したという顔になった。

「そうでした。今日の一件では、ウォルフ様に教えていただいた技能が役に立ちました。ありがとうございます」

「そうか、あれが役に立ったのか」

「実戦で使えたのか？」

思わずの様子で身を乗り出すウィクトルに、テティスは頷き返した。

「最初の一戦では不慣れもあり、使うきっかけを失って敗れてしまったのだが。二度目の戦いではうまく使うことができた。やはり、接近戦で不意を突くには効果があるようだ」

「そうか。本当に使えるのだな」

「ウォルフの教えた技能とは、どういうものなのです？」

母に問いかけられて、兄はちょっと困った顔になる。

兄に視線を向けられて、テティスが代わって応えた。

「ご説明いたします。ウォルフ様に教えていただいたのは、戦闘時に『水』の加護を活かす方法でございます」

「『水』の加護ですか」

「はい。命を懸けた戦闘の場での『水』は、相手に読まれていると牽制《けんせい》の役にも立たない場合がございます。その点でウォルフ様の教えをいただきまして、もっとはっきり相手に危害を加えられる方法を考案しました」

「どうするのです？」

「具体的には『水』を細く放つことで威力を高め、相手の目を狙って噴きつけます。通常の『水』はもう少し広く弱く浴びせかけられるものですから、それを予測した相手はかけられても怯《ひる》むまいと目をしっかり見開いて相対してきます。

その目だけを狙って強く噴きつけられるわけですから、かなりの衝撃を与えることができます。目を潰すまではいきませんが、相手の動きを一瞬止めることだけはほぼまちがいなくできるようです」

「まあ……」

「半月ほど前からウォルフ様に助言を受けて、ウィクトルと練習を重ねてきたのが、実戦で実を結びました」

「なるほど。それで逆転の形で勝利したのなら、一瞬の隙だけを突いて確実に相手に致命傷を与えないと、再逆転の恐れがある。相手の命を奪わないで済ますというのは、難しいな」

「はい」

兄の言葉に、テティスは深く頷いた。

それでもやはり、その点については悔いが残るという表情だ。

そこへわずかに考えていた母が、ぱっと笑いを向けた。

「なるほど、劣勢に立たされてもそこから起死回生を図る方策になるわけですね。最後まで護る対象を諦めない、優秀な護衛にふさわしい心がけと言えましょう」

「あ……ありがたいお言葉です」

慌ててかくりと、テティスは腰を折った。

「最初は迷いもあったのですが、ウォルフ様のご助言を受けると決めてよかったと思います。いや先に心を決めたのはウィクトルで、それに乗って一緒に修練してきてよかった、ということになります」

「そう。二人ともその心がけで、これからもよろしくお願いしますね」

「はい」

「かしこまりました」

二人揃って頭を下げ、戸口の定位置に戻っていく。

立ち位置につきながら、ウィクトルが相棒に声をかけていた。

「俺もこれで、ますます加護の使いこなしの修練に力を入れる気が出てきた。テティスに負けたくないからな。これからも、稽古の相手を頼む」

「こちらこそ。わたしだって負けない」

兄は母と顔を見合わせて、微笑を浮かべている。

ふと近くに意識を戻すと、母の足に凭《もた》れるようにして、ベティーナがうたた寝を始めていた。

仕事熱心なこの少女には珍しい、言わば醜態だが、今日の一件で疲れ果てていたのだろう。

母が後ろに目配せをするとイズベルガが寄ってきて、苦笑で小柄な少女を抱き上げ、運んでいった。

それを見送りながら、満腹のせいか僕もまた眠気に誘われ、瞼が落ちそうになってきた。

ぐしゅと手で目を擦《こす》ると、くすり、母に笑われた。

「ウォルフ、ルートルフはもうお眠みたい」

「はい、連れていきます」


母から僕を受けとり、おやすみの挨拶をして、兄は階段に向かう。

のろのろと力ない足どりで、ザムが後に従ってくる。

最近はほとんど毎晩、護衛のつもりらしく兄の部屋で寝る習慣にしているのだ。

『ほとんど』というのは、週に一～二度程度、夜の狩りに出かけて留守にするせいだ。

ただそれにしても、いつもの元気よく段を昇る足どりに比べて、今日は未《いま》だかつて見たことのない覇気のなさだった。

気がついて、兄はその頭を撫でた。

「今夜も護衛を頼むぞ、ザム」

「うぉん」

返す声に、少し力が戻ったか。

部屋に入り、ザムがベッド脇にうずくまったところで。

僕はその背中に乗って、頭を撫でてやった。

頭を撫で、首を揉《も》み、喉をくすぐる。

今にもことりと落ちそうな眠気と戦い、撫でる、撫でる、撫でる。

撫でる、撫でる、撫でる、撫でる――

「ウウーー、ウォン」

「ザムが、分かったもういいって言ってるぞ、ルート」

「ううーー」

べたり。ザムとお揃いの呻きを漏らして、僕はその背中に這《は》いつくばった。

よいしょ、と兄がベッドの上に抱き上げてくれる。

そのまま温かな腋《わき》に抱きつき、たちまち意識を落としていった。

エピローグ

翌日には、またロルツィング侯爵に依頼した傭兵《ようへい》が三名到着して、賊の遺体を王都に向けて運んでいった。

数日後届いた報告によると、賊の正体は『赤目』の通称で知られる闇社会で有名な殺し屋だという。

王都の警備隊が勢い込んで捜査を開始して、間もなくそのねぐらが発見できそうだということだ。

我が屋敷の生活は、僕が誘拐された前の状態を継続している。

賊を一人征伐したからといって、警戒を解くわけにはいかない。

相手がさらに手強《てごわ》い手駒を送り込んでこないという保障は、どこにもないのだ。

さらに言えば、一回目のこの家への侵入時、賊は二人だった。一人が今回の殺し屋だったとして、もう一人は情報収集担当だったのではないかと想像される。

そちらの任務がまだ継続しているのではないかという予想のもと、村への侵入者についてますます監視を強めているところだ。

たぶんまだしばらくは、この警戒態勢を続けなければならないだろう。

パンパカパーン！

朗報です。

ついに僕は、つかまり立ちができるようになりました。

このたび、十二の月の三の空の日。医師の出張定期検診が行われた。

僕についての診断は、ほぼ不調が消えている、というものだった。

ひと月あまりの日光浴と栄養摂取が、功を奏《そう》したらしい。

その診断に加えて、医師の忠告に従いながら僕の『立っち』訓練が行われたのだ。

結果、その場で無事立つことができましたとさ。めでたしめでたし。

「見て見て見て、立ってる。ルートルフがちゃんと、立ててる！」

「ルート様、ご立派ですう！」

母や家人たちの喜びようは、言うまでもない。

ついでながら、そのまま調子に乗って足を運ぼうとしたら、見事にもつれさせてひっくり返ってしまった。

やはり訓練は地道に一歩ずつ進めるべきと、身をもって悟った次第。

その後、一日数回という制限付きながら、何度かソファの縁に摑《つか》まっての立っち練習。一人がけソファの右端から左端くらいなら、足を運べるようになった。

次には、ベティーナの差し出す両手に摑まって、前向きに歩く練習。七、八歩は進めるようになったが、やっぱりそのくらいで前のめりにつんのめってしまい、子守りに抱きかかえられて終了する。

少しずつ進歩しているし、つき合ってくれているベティーナにはありがたいと思う。ただ何となくだけど僕には、『何か違う』感覚があった。

もっと自分の意思で進み止まりを見極めたい、バランスを崩しても自分で持ち堪《こた》えたい、といったような。いや、贅沢《ぜいたく》な希望だって、分かってはいるのだけど。

そこにありがたい打開策を出してくれたのは、ザムだった。

立ったザムの後ろから、両手でお尻に摑まる。僕が前進の要求を伝えると、歩調を合わせてゆっくり従ってくれる。止まれの希望も瞬時に伝わる。何度もお馬さんを務めてくれた経験で、これ以上なく僕と意思が通じ合っているのだ。

さらに、足をもつれさせかけて両手に体重を集めても、しっかり受け止めてくれる。もし手を滑らせて僕が転んでも、過保護に手を貸すことなく、自分で起き上がるのを待ってくれる。疲れて足が動かなくなったら、背を低くして僕を乗せてくれる。

何とも理想的な、『あんよ訓練』のパートナーなのだ。

周りの家人たちも、面白がって見守ってくれていた。

初めて見たときぎょっとして口を閉じられなくなっていたのは、ベッセル先生だけだ。

いやこの点、家の者たちの常識の方がおかしくなってきている、という気がしないでもないけど。

なお、ザムはこの家に来てからひと月程度で、一回り身体が大きくなっていた。

元がオオカミの小型版だったのが、中型程度になった印象だ。

そのため現段階で好都合なことに、ふつうに立って僕が肩の高さで摑まるのにちょうどの体高になっている。

怪我《けが》も完全に治っているし、全身に力が漲《みなぎ》って、身体能力は大人のオオカミと遜色《そんしょく》ないのではないかと思えるくらい。

一度兄が悪戯《いたずら》半分跨《また》がってみたら、ちゃんと全体重を支えてみせたほどだ。まあ長時間は無理だろうし、実際確かめてみてはいないけど。

というわけでとにかく、僕は強力なパートナーを得て、日に日に歩行距離記録を更新していった。

特別番外編

春の希望

バン、と扉を開け閉めて、駆け出す。

日頃くり返し「お淑《しと》やかに、上品に」などと言われている注意もこの日はかなぐり捨てて、小さな身体《からだ》の全速で。春の早朝、まだ冷たさが染み通る曇天《どんてん》の風の中へ。

必死に走って四半刻程度、もう息切れで胸が痛くなってきたけれど、ベティーナは足どりを緩めようとはしなかった。

――早く、早く。絶対間に合わせて、お役に立たなくちゃ。

ふつうなら、まだ九歳の子どもを遣《つか》いに出すような軽い用事ではない。しかしこの日は邸内の全員が大わらわで、離れることができるのは幼い侍女見習い一人しかいなかったのだ。

この小さな肩に、尊《とおと》い命の行方《ゆくえ》がかかっている、と言ってもいいかもしれない。

――お役に立たなくちゃ。

必死に、必死に、足を動かす。

後ろにお屋敷が遠ざかり、畑と林に挟まれた土ざらしの道がずっと、村の集落まで続いている。

ベティーナの目には、その真《ま》っ直《す》ぐな道と離れた家並みしか映っていない。

必死に、必死に。

はあはあと息遣いが掠《かす》れ出《だ》し。

今にも足もつれさせ、でこぼこ道肌に躓《つまず》きそうなほどに。

胸の中いっぱいに広がる、痛みに耐え。

必死に、必死に、足を送る。

その耳に、素《す》っ頓狂《とんきょう》な声が入ってきた。

「あれベティーナ、どうしたんだあ？」

「何血相変えてんだあ」

わずかに足どりを緩めて左、道脇を見ると。

畑の中に一つ年上の幼なじみが二人、鍬《くわ》を持って立っていた。

そう言えば、村では北の畑の準備が始まるところだが、この少年たち、アヒムとリヌスはこちら南側の小さな畑を使わせてもらって、今年は自分たちの栽培を試すのだということだった。

「何か、急ぎの用事かあ？」

「そ——そう——呼びに——」

答えようとしても、息切れで言葉は繋《つな》がらなかった。

「誰を呼ぶんだあ」

「グ——グンドゥラおばさん——」

「え？　じゃあ」

「奥様の、お産かあ」

村に一人だけの産婆の役割を持つおばさんだから、話は早い。

「そ――予定より早いけど――急に――」

「そりゃ大変だ」

「俺、先に行っておばさん捕まえてきてやる」

鍬を投げ捨て、リヌスはたちまち駆け出していった。

「お願い――」

あっという間に、リヌスのボロ着の背中は小さくなっていた。

ここでバトンタッチした形になって、目的地までの道のりを半々に分担したことになるか。

リヌスが連れて戻ってきてくれるのを休んで待ってもいいかもしれないが、ちゃんと状況を話さないと産婆は本気で急いでくれないことも考えられる。

少しだけ足どりを緩めながらまだ駆け続けるベティーナに、アヒムが肩を並べてきた。

「そんな、切羽詰まってるんかあ」

「うん――まちがいなく、本物の産気づきだって――イズベルガさん、言ってた。まだ三の月が終わらない――予定よりひと月も早いのに」

「そうか。まあベティーナ、少し息を落ち着けろ。そんなままじゃ、おばさんに説明もできんだろ」

「うん――うん」

二人並んで速歩きの調子になって、道を進む。

「そうかあ、ウォルフ様に弟様か妹様ができるんだなあ」

「そう――でも、何年か前に死産ってことがあったから、お屋敷のみんな必死なの。旦那様なんか、お部屋の前に跪《ひざまず》いてお祈りしてる」

「そうなんかあ、無事に産まれるといいなあ」

「うん、ほんとに。あんなに弟様か妹様を楽しみにしていたウォルフ様も、もう真っ青でお母様の無事を祈るばっかりだし」

「そうかあ」

話しているうちにまた気が急《せ》いてきて、ベティーナは足の運びを速めていた。

まだ耕す前の畑地がうねうねと続き、ようやく途切れて集落の入口に着く。

膝に手を当ててはあはあと息を整えていると、小柄な初老の女性を連れて大きな包みを抱えたリヌスが戻ってきた。こちらも必死に走ったらしく、息切らせている。

「ああおばさん、緊急なの」

イズベルガさんに教えられた通り状況を説明すると、グンドゥラおばさんの顔が険しくなった。

「そりゃいけないね、急がなきゃ。ほらリヌス小僧、ぼうっとしてないで道具を運ぶんだよ」

「ま、待ってくれ——俺ここまで、全力疾走だったんだから」

「情けないねえ」

「じゃあ、俺が交代するよ」

真剣な顔で、アヒムはリヌスから荷物を奪った。アヒムもここまで駆けてきてこの先荷物が増えるわけだが、もともとの体力からすると年輩女性との併走なら問題ないだろう。

「じゃあ先に行くよ。ベティーナは息を整えてから、ゆっくり来なさい」

「はい」

急いではいるのだろうが疾走と呼ぶにはほど遠い足どりで、産婆は駆け出していった。

さらに数度深呼吸して、ベティーナはリヌスと並んでもと来た道を歩き出した。

「間に合うかなあ、おばさん」

「間に合ってほしいよなあ。お前も俺も、こんなに必死に急いだんだから」

「うん、ありがとねリヌス。あたし一人じゃ、途中でへたばってまだ村に着いていなかったかも」

「おお。領主様やウォルフ様のためだ。心配なのはみんな一緒だ」

「だねえ」

大きく息をついて、リヌスは村の家並みを振り返った。

五十戸あまりの小さな家々の向こうに、ようやく雪が消えて耕し始めたばかりの農地。その端っこに、真新しい丸太の建造物が遠く見えている。

「ああして今年は、領主様が野ウサギを抑える柵を作ってくれたんだ。村のもんたちはみんな感謝してるさ」

「うん」

村ではこのところ二年続けて、夏の低温の影響で不作が続いている。加えて昨秋は、今までにないほど野ウサギが森から出てきて畑に被害をもたらした。

小麦の収穫は、国税の必要量に足りない状況。領主のベルシュマン男爵様が国に減免を陳情して、ようやく間に合った程度だという。

領民たちも領主一家も、残った作物でようやく冬を生き延びた、というところだ。現実には、年寄りや産まれたばかりの子どもに死者が出ている。ふだんの冬でもあることなのだから断定はできないところだが、やはりもっと食糧事情がよければ助かったかもしれないという悔いは残る。

そうした中で新しい春が近づき、領主の男爵家に二番目の子が産まれようとしているのだ。

ここで無事出産が済めば、領内にこの上なく明るい話題となる。

と言うより逆に、この出産にもしものことがあれば「領主様のお子様でさえ、無事生き延びられないのか」と、領民たちの生きる希望が潰《つい》えることになっても不思議がなさそうだ。

そんな、村内や邸内での秘《ひそ》かな言い交わしを思い返しながら、ベティーナは領主邸へ向かう田舎《いなか》道《みち》を歩いた。いつもは戯《おど》けた言動の多い隣のリヌスも、神妙な顔つきだ。

「何とかお子様が無事生まれて、夏も冷害がなくて、あの柵で野ウサギの害も防げたら、今年は万歳なんだがなあ」

「そうだよねえ」

「生まれるお子様が、何ちゅうんだ、幸運のしるしみたいになって何もかもうまくいくんじゃないかって、村のもんたちは言っているさ」

「ほんとに、そうなるといいねえ」

そんな村人たちの言い交わしは、領主邸の中にも伝わってきていた。執事のヘンリックさんなどは「みんな、何かしら縋《すが》るものがほしいんでしょうね」と。苦笑混じりの溜息《ためいき》をついていたものだ。

とにかく何にせよ、奥様の出産のために万全を期さなければならない。

自分も早く屋敷に戻ってお手伝いを、と思いながらもまだ息切れが収まらず全力疾走は戻らない。できる限りの小走りになって、ベティーナは帰り道に気を急かされていた。

隣ではリヌスがもう息を落ち着けて、余裕で歩調を合わせている。こちらは領主邸に行っても仕方ないので、さっきの農作業の場に戻るつもりなのだろう。

「リヌスとアヒムは、初めて自分たちで畑作りしてるんだよね。何を作るつもりなの」

思い出して問いかけると、リヌスはよくぞ訊《き》いてくれましたとばかり得意げな顔を輝かせた。

「うん、こっちは去年小麦を作って、今年は他の野菜を作る予定の畑なんだけどさ。アヒムと二人で、少しだけど使わせてもらうことにしたんさ。ほら、クロアオソウやゴロイモじゃ代わり映《ば》えしないし、たいして売り物にならないから。ウォルフ様が南の侯爵領で作っている野菜の種を何種類も手に入れてくれたんで、それを試してみるんだ」

「へええ。ウォルフ様とそんなことしてたんだ」

「おう」

ベティーナにしても少し前まではよくこの幼なじみたちや主家のご長男と一緒に話に混じっていたのだが、最近は奥様の出産準備、その後任される予定の子守りの勉強などで、すっかりご無沙汰していた。朝起こしたり着替えの用意をしたりしているウォルフ様とも、しばらく落ち着いて会話を交わしていない気がする。

前まではウォルフ様も彼らも何処《どこ》か遊び半分で土を弄《いじ》っていたりしていたものだが、いつの間にか真剣に村のことを考えるようになっていたようだ。

「でも、南の野菜って、うまく栽培できるの？　ここの村で作れる野菜は何かないかってこれまでに旦那様も村の人たちもいろいろ試してみたけど、なかなかうまくいかなかったって聞いたけど」

「ウォルフ様の話じゃ、これまで試したことのない種類だってことだぞ。うまくいくかどうかは、やってみなくちゃ分からない。今年の夏が暖かければ、希望が持てるかもってさ」

「ふうん、そうなんだ」

幼なじみたちが真剣に取り組んでいるということなら、何とかうまくいけばいい、とベティーナも祈ってしまう。

リヌスは鍬を転がしたままの畑に戻り、ベティーナは屋敷に向けてさらに足を急がせた。

畑と林に挟まれた一角を抜け、領主邸の門を潜《くぐ》る。

正面に二階建ての屋敷を見たとき。

ずっと空を覆っていた厚い雲が途切れ、隙間に陽《ひ》が射《さ》してきた。

見慣れた建物が、ひときわ明るく輝いて。

「わあ」思わず、ベティーナは感嘆の声を漏らしていた。「綺麗《きれい》ーー」

これが何か、いいことが起こるしるしであればいい。

一瞬足を止めて思い、すぐにまた駆け出して屋敷に入っていった。


産婆は間に合ったが、屋敷の中に重苦しい空気は続いた。

午《ひる》を過ぎても、産室から吉報は届かない。旦那様とウォルフ様は居間のソファに並んで、揃《そろ》って頭を抱えた格好になっている。

産室には産婆と奥様つき侍女のイズベルガさん、調理人ランセルさんの奥さんのウェスタさんが詰めたままだ。ベティーナはそちらに入れてもらえず、ランセルさんの手伝いを続けている。

居間を覗《のぞ》くと、申し合わせたように父子の両手は祈りの形に組み合わされていた。

敬虔《けいけん》な思いが伝わり移って、ベティーナも脇に立ったまま両手を合わせた。

昼前に回復しかけた空模様が嘘《うそ》のように、窓の外はまた雲が垂れ込めている。

壁を震わす声が響き渡ったのは、その空が赤く染まって見え出した頃だった。

即座に立ち上がって、旦那様は部屋を飛び出していった。ウォルフ様も、すぐそれに続く。

産室から出てきたウェスタさんが、笑顔で告げた。

「おめでとうございます。元気な男の子でいらっしゃいますよ」

「おお、でかした！」

旦那様は大きく両手を開いてから、腋《わき》にウォルフ様を抱き寄せる。

「めでたいなウォルフ、弟だぞ」

「はい、嬉《うれ》しいです」

それから。

産湯をつかった赤ちゃんが運び出されて、旦那様に抱かれたり。

ウォルフ様も使用人たちも、歓喜と称讃《しょうさん》の声を寄せたり。

ひとしきり大騒ぎが繰り広げられたが。

次第にその声も静まってきた。

イズベルガさんとグンドゥラおばさんが産室から出てこないのは、奥様のご容態が芳《かんば》しくないせいらしいのだ。

それを聞いて、旦那様とウォルフ様の顔はまた暗く強《こわ》ばっていた。

ベティーナはウェスタさんに教わりながら、赤ちゃんの世話を始めていた。

一夜が明ける頃、奥様の容態は小康状態と告げられた。

前日の陣痛の始まりの時点で鳩便《はとびん》を送って依頼した隣領の医者が到着し、産婦と新生児の診察がされた。

赤ちゃんは極めて健康、奥様はかなり衰弱しているので当分安静にして栄養を摂《と》るように、という指示だ。

領主邸の中に明るさと暗さの入り混じった日々が、それからしばらく続いた。

王都で執務をしている旦那様は、後ろ髪を引かれる様子ながら間もなく出立していった。

ウォルフ様はお母様の身を案じて、暗い表情の生活が続いていた。


一方のベティーナは、奥様の心配をする余裕もなくしていた。

ルートルフと名づけられた赤ちゃんの世話を一手に任されて、ひと時も他のことを考える余地などなくなっている。

自らも臨月を迎えているウェスタさんは夫の調理手伝いもあって、折に触れて相談に乗ってくれるのが精一杯なのだ。

とにかくも赤ちゃんの状態に振り回されて、昼も夜もない日々が続いた。


何日かすると元の日課を取り戻し、ウォルフ様は午前の勉強を終えると午過ぎからは外に出ていくことが多くなった。

アヒムやリヌスと一緒に新しい野菜の栽培に熱を入れているらしい。

また、前から予定されていたことだが王都で「騎士候補生合宿」という行事があり、五の月にウォルフ様は半月程度出かけていた。

帰ってきた頃にはいっそう表情が引き締まって、勉強にも野外活動にも熱心になったようだ。

そういったことに関心を持たないでもないが、ベティーナには落ち着いて話を聞く暇さえない。

最初の三月《みつき》ほどは毎日のようにルートルフ様の夜泣きが続き、落ち着いて寝ることもできなかった。

それが夏を迎えた頃には、ようやく落ち着き始める。

夜泣きがほぼなくなると、ルートルフ様はかなり手間のかからない赤ん坊になっていた。

他の人たちの話では、生後数ヶ月程度でこれほど大人しい乳児は珍しいということだった。夜泣きの治まりも、ふつうより早いくらいだとか。

無事出産を終えたウェスタさんから乳をもらって満足すると、寝ても覚めてもベッドで静かにしているのがほとんどだ。

「だあだあだあ」

安堵《あんど》して、ベティーナはその傍《かたわ》らで編物などをするのが習慣になった。

奥様の容態は、変わらない。酷《ひど》く体調が悪くなることもないが、終日寝台で安静にしているしかない日々だ。

旦那様はひと月に一度程度何とか王都から戻ってきて、妻子の状況を確かめ、慌ただしく帰っていく。

ウォルフ様はほとんど弟の様子を見ることもなく、活動を続けている。

とにかくもこのまま、いつもと変わった年が安穏に過ぎてくれれば、と誰もが願っていたのだが。

期待に反して、この年の夏も低温が続いた。

あろうことか、七の月半ばに雹《ひょう》が降るという異常気象にも見舞われたほどだ。

小麦の生育も、不作だった前年と変わらない程度だという。

ルートルフ様が眠りについた午後、ベティーナが階下に降りていくと、食堂からがしがしという音が聞こえてきた。

見ると、ウォルフ様が座って、両手でテーブルを叩《たた》いている。

「どうしたんですか？」

「くそ――失敗だ。育てていた野菜、全滅だ」

「わ……」

アヒムやリヌスと栽培していた新しい野菜が、すべて生育途中で枯れてしまったらしい。

数日前の雹にやられて、その後回復を試みていたが、力及ばなかった。

もともとここよりは南方の作物で、いつも以上の夏の好天を期待しての導入だったのだ。ある意味、賭けに負けたということになる。

大きく溜息をついて、ウォルフ様は首を振った。

「別の策を考えないと。小麦の状況を見ても、今年の生育は去年より好転は見込めない。冬には厳しい状況も考えられる。もう時間がない」

「そうなんですかあ」

何とも言えず、ベティーナは肩を落とした。

主《あるじ》の焦燥も村人たちの苦渋も、痛いほどに分かる。

しかし、今のベティーナは。

「ううーー、だあああーー」

「はいはいはい、ルートト様、今すぐ――」

二階から泣き声が聞こえてきて、慌てて階段を駆け昇る。

このお勤めに精一杯で、他を考えるゆとりはほぼないのだった。


奥様は少し容態が安定して、夕食後短時間ならルートルフ様を抱っこできるようになっていた。

そうした時間、ルートルフ様もお母様のことが分かっているように、ことさら機嫌がいい。

「だあだあ」

「あらあら、ルートルフは今日もご機嫌ねえ」

「今日もいっぱいウェスタさんにお乳をもらって、よくお休みで、寝台の上でも元気に動いていらっしゃいましたあ」

「それはよかったわあ」

「すっかりお首もしっかりされたようで、抱いて歩くのも安心ですね」

イズベルガさんの指摘のように、最近はベティーナが抱いて歩くのにもお互いすっかり慣れて快適な道行きになっている。

わしゃわしゃと動かす両手にも、日を追って力が籠《こ》もってきている感じだ。

「ベティーナ、これからもお願いね」

奥様と先輩侍女から労《ねぎら》いをもらって、ベティーナは胸を熱くして寝室に戻った。

夏の間、ウォルフ様は午後からの時間、アヒムやリヌスと森に入ったり畑を見て回ったり、何か捜し物でもするように動き回っているらしかった。

やはりひと夏を通して、天候が十分回復するということはなかった。

村中の作物のできは、よくて昨年並み、という予想らしい。

春頃リヌスによると村人たちが口にしていたという、ルートルフ様の誕生が幸運のしるしになれば、という期待は叶《かな》わなかったことになりそうだ。

それでも、とベティーナは思う。

――ルート様が元気に成長されているのが、何よりの幸運ですう。

「わうわう」

今もベッドのルートルフ様は、元気に両手を動かしている。

ときどき右に左に身体を捻《ひね》って、寝返りが打てるのも間もなくではないかと期待が膨らんでくる。

九の月になるとすっかり外の空気も冷たくなって、部屋の窓もほとんど開かれなくなった。

薄暗い部屋、ベッドの上でルートルフ様は数日前からお座りをするようになっていた。

即日奥様に報告すると、大喜びをしていただいた変化だ。

布団を背中の支えにして、さかんに両手を振っている。

「はい、ぱちぱち。ルート様、ぱちぱち」

目の前でベティーナが掌《てのひら》を打ち合わせてみせると、真似《まね》をして力ないながら拍手がされる。

目を細くして、きゃきゃきゃきゃきゃ、と喜声が上がる。

そんなことをしていると、外の庭の方から人声がしてきた。

どうも、ウォルフ様と幼なじみたちのようだ。何やら元気な声で話し合いをしている。

しばらく何かを捜し回って浮かない様子が続いていたのだが。

——何か手応えを見つけたのかな。

そんなことを思いながら、ルートルフ様の身体を考えると窓から覗くこともできず。

何よりもルートルフ様の手を叩く音の方が楽しくて。

「はい、ぱちぱち。はい、ぱちぱち」

「きゃきゃきゃきゃ」

拍手と声を、交互に交わしていった。

それでもしばらく続けていると、疲れたようで。

少し汗もかいたようなので、

「ちょっとだけ窓を開けましょうか、ルート様」

覗いた外に、もう人影はなかったが。西の山際から真っ赤な夕陽《ゆうひ》が射してきた。

「わあ、綺麗な夕焼けですう。あっちの山が赤く染まると、明日は晴れるんですよお」

振り向くと、射し込む陽に一面顔を赤く染められて。

真っ直ぐ、見ていた。

ルートルフ様は、何かを思うように外を見つめていた。

瞬《まばた》きもしないその瞳に、ベティーナには明日の晴れた空が映っているように思えた。

巻末資料

人物名等

●ベルシュマン男爵家家族、使用人、領民

ルートルフ・ベルシュマン
　主人公。開始時生後六ヶ月。加護『光』
ウォルフ・ベルシュマン
　兄。十一歳。加護『風』
レーベレヒト・ベルシュマン
　父。男爵。三十一歳。
イレーネ・ベルシュマン
　母。二十六歳。
ヘンリック
　ベルシュマン男爵家執事。
ベティーナ
　ルートルフとウォルフ付侍女、子守り。
　九歳。加護『水』

ランセル
　ベルシュマン男爵家料理人。
ウェスタ
　ランセルの妻。ルートルフの乳母。
カーリン
　ランセルとウェスタの娘。生後五ヶ月。
イズベルガ
　イレーネ付侍女。
テティス
　ベルシュマン男爵家護衛。加護『水』
ウィクトル
　ベルシュマン男爵家護衛。加護『水』
ロータル
　ベルシュマン男爵の護衛。死亡。享年三十歳。
ヘルフリート
　ベルシュマン男爵家文官。ヘンリックの息子。
ザームエル（ザム）
　オオカミ。
ニコラウス・ベッセル
　ウォルフの家庭教師。

ディモ
　村民。農民兼猟師。
アヒム
　ディモの息子。十一歳。
リヌス
　村の子ども。十一歳。加護『光』

●その他、グートハイル王国の人々
シュヴァルツコップ三世
　グートハイル王国現国王。
ディミタル男爵
　ベルシュマン男爵領の東隣領主。
ロルツィング侯爵
　ベルシュマン男爵領の南隣領主。

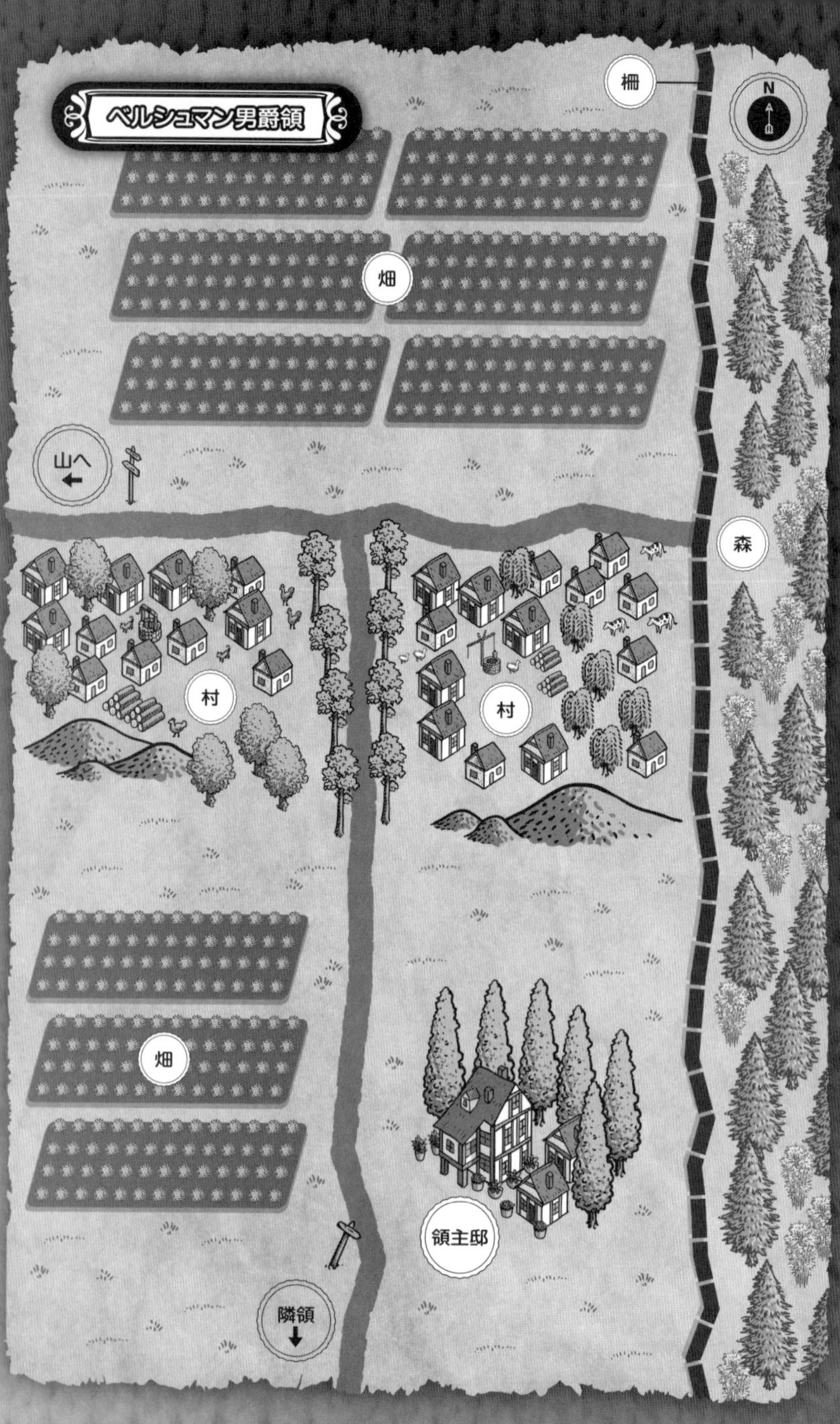
ベルシュマン男爵領
柵
N
畑
山へ
森
村
村
畑
領主邸
隣領

グートハイル王国
N
山
ベルシュマン男爵
ディミタル男爵
湖
湖
ロルツィング侯爵
隣国
隣国
?
?
?
?
王領
?
?
?
?
?
王都
?
?
?
?
?
?
?
海

MFブックス

赤《あか》ん坊《ぼう》の異《い》世《せ》界《かい》ハイハイ奮《ふん》闘《とう》録《ろく》 1

2023年9月25日　初版第一刷発行

著者　　そえだ信
発行者　　山下直久
発行　　株式会社KADOKAWA
〒102-8177　東京都千代田区富士見2-13-3
0570-002-301（ナビダイヤル）
印刷・製本　　株式会社広済堂ネクスト
ISBN 978-4-04-682888-0 C0093

担当編集　　森谷行海
ブックデザイン　　AFTERGLOW
デザインフォーマット　　AFTERGLOW
イラスト　　フェルネモ

本書は、カクヨムに掲載された「赤ん坊の起死回生」を改題の上、加筆修正したものです。

無職転生
Rifujin na Magonote
理不尽な孫の手
イラスト：シロタカ
～蛇足編～
本編の続きを描く物語集、
『蛇足編』開幕！
ビヘイリル王国での決戦の末、勝利した
ルーデウス・グレイラット。
彼を取り巻く人々のその後を描く物語集
『蛇足編』が開幕！
シリーズ第1巻ではノルンの結婚話
『ウェディング・オブ・ノルン』、
ルーシーの初登校を描く
『ルーシーとパパ』、
ドーガとイゾルテの婚活話
『アスラ七騎士物語』に加え、
ギレーヌの里帰りを描く書き下ろし短編、
『かつて狂犬と呼ばれた女』の四編を収録。
人生やり直し型転生ファンタジー、
激闘のその後の物語がここに！
MFブックス新シリーズ発売中!!
MFブックス

Kotobuki Yasukiyo
寿安清
イラスト：ジョンディー
アラフォー賢者の
異世界生活日記ZERO
—ソード・アンド・ソーサリス・ワールド—
レベル1000超えの
廃プレイヤー
【殲《せん》滅《めつ》者《しゃ》】
この五人は今日も
なにかを……やらかす！
VRRPG【ソード・アンド・ソーサリス】で大賢者【ゼロス】として気ままな冒険を楽しんでいたアラフォーのおっさん【大迫聡】。しかしこのゲームには、プレイヤーに明かされることのない重大な秘密があり……。
大迫聡ことゼロスの
異世界転生後の
物語を描いた原作小説も
好評発売中!
アラフォー賢者の
異世界生活日記
①～⑱巻
MFブックス新シリーズ発売中!!
MFブックス

サムライ転移
SAMURAI gets ISEKAI'd.
～お侍さんは異世界でもあんまり変わらない～
四辻いそら YOTSUTSUJI ISORA
イラスト：天野英
STORY
難敵を求めて武者修行の旅に出ていた黒須は、気が付くと未知の土地に足を踏み入れていた。そこが異世界であるという発想にも至らぬまま、黒須は初めて目にする敵たちに心躍らせる――。
「異世界」×「お侍さん」のアンマッチ感がクセになる新感覚ファンタジー!!
異世界を斬り進め！
ちょっとズレてるサムライの血気盛んな冒険譚!!
第7回カクヨムWeb小説コンテスト
異世界ファンタジー部門
特別賞受賞作
MFブックス新シリーズ発売中!!
MFブックス

カリグラファーの美文字異世界生活
L'histoire d'Isgloriest
～コレクションと
文字魔法で
日常生活無双？～
［著］磯風
［イラスト］戸部淑
STORY
突然、異世界に転移した拓斗。
神様もいないし、どうしたら……と思ったら、
彼は自身の『コレクション』とカリグラフィーの
【文字魔法】に気がついた！　普通に暮らしてる
つもりが全然普通じゃない異世界生活物語。
カリグラフィーを駆使した
【文字魔法】で
美味しいものや物作りをするぞ！
MFブックス新シリーズ発売中!!
MFブックス